中公文庫

野口冨士男犯罪小説集

風のない日々／少女

野口冨士男

中央公論新社

野口冨士男犯罪小説集　風のない日々／少女

目次

風のない日々　9

地図製作　網谷貴博（アトリエ・プラン）

野口冨士男犯罪小説集

風のない日々／少女

風のない日々

しかしこのころは、一般にいわゆる暗い時代であった。
（略）市電にぶらさがる男たちの表情に明るさはない。女たちのつつましさも何かを押えている。

——佐多　稲子

一　鈴村という姓

それまで、床に入っているだけなのか。それとも、その時刻になると眼がさめるのか。朝食の支度をするために、台所と四畳半の茶の間とのあいだを往ったり来たりしている光子にはわからない。

秀夫は八時十分前になると自分で起きてきて、台所の流し台の前で洗面をすませる。七時五十分にベルが鳴るように、彼は毎晩かならず眼覚時計をセットしてから枕許へ置いて寝るが、結婚式からではもう一年あまりにもなるのに、一度としてそれを鳴らしたことはない。光子が、起したということもなかった。

(――チヨノさんと別れてから、独りぐらしをしていたせいかしら)

光子は、そう思ったことがある。が、いまではそんなことも考えなくなった。

二人が寝室にしている奥の六畳の床の間には、型通りに山水画の掛軸がさげてある。が、茶の間の長押《なげし》には、バルビゾン派の誰かがえがいたと思われる、パリ郊外の林間らしい緻密な風景画の複製を入れた額がかかっていて、その額のうしろには、台紙に貼りつけられた断髪のチヨノの写真を厚紙でくるんで、十文字に紐をからげた包みがかくしてあることを光子は知らない。かくした秀夫も、なかば忘れてしまっている。時おり思い出して、棄てるか焼くかしなくてはいけないと考えたこともあったが、そのままになっていた。

いったん割烹着《かっぽうぎ》をはずした光子と差し向いでニス塗りの円い小さな食卓について、朝食をはじめるのは八時五分である。

食事が終ると、秀夫は用便をすませてからふたたび茶の間へもどって、エアーシップをふかしながら膝の上にのせた「時事新報」をすこし背をまるめるようにして読む。出勤前で時間がかぎられているから、読むというよりざっと眼を通すというほうが、より正確である。が、喉にかわきをおぼえても、食卓をはなれたあとの茶は、職務がら我慢する。日によって地域に多少の相違はあっても、彼の歩く範囲内には共同便所がひとつもないので、中途で尿意を催しては困るからであった。

「はっきりしているのは外部の人、銀行のお客さんだということだけで、誰が密告したのかいまだにわからないんだけれど、俺は告げ口をされて支店長にお目玉をくらったことがある」

行内で生じたことはどれほど小さな事柄でも筒ぬけだから、秀夫もそれは知っていた。

が、前任者の大谷伝吉が結核におかされたために、預金係から得意先係へまわされることになって事務の引き継ぎをしたとき、秀夫は当の本人からあらためて外へ出ると誰にどこで見られているかわからないのだから、小便がしたくなってもけっして喫茶店などへ入ってはいけないとかたく注意された。それが、先輩の訓戒として身にしみていた。

そのあいだに、もういちど割烹着へ袖を通した光子が食器を片づけはじめると、煙草をすいおわった秀夫は洋服箪笥が置いてある二畳の玄関の間へ行く。

靴下、ワイシャツ、ネクタイ、カフスボタン、ハンカチーフ、塵紙は洋服箪笥の前に、財布と蝦蟇口《がまぐち》、懐中時計、万年筆は茶の間に置かれている長火鉢の猫板の上に光子がそろえておくが、秀夫は着替えをてつだわせたことはない。マフラーやオーバーも、自分で帽子掛けからはずして身にまとう。そして、支度を終った彼が玄関の上りがまちに腰をかけて編み上げ靴をはきはじめると、光子は一応手拭でふいた手をさらに割烹着の裾のあたりでふきながら台所から出てきて、畳に膝がしらを突いた姿勢ではきおわるのを待っている。しかし、秀夫は立ち上っても振りむかないので、彼女も送られた挨拶をやむなく背後から返すことになる。

「行ってきます」

「行ってらっしゃい」

特別な用事ないし話題のないかぎり、それが毎朝めざめてから二人のあいだにかわされる最初の言葉であった。それまでは、一と言も口をきかない。が、いさかいをしたということもなかった。

「……そう言ったって、あんな穏やかな人はめったにいるもんじゃないよ」

実家へ行って、つまらない人だと光子が秀夫のことを訴えたとき、母のぎんは言った。それも、間違いではなかった。

が、秀夫は光子をどう考えているのか。

磨ガラスが入っている玄関の格子戸と、門柱に取り付けてある潜り戸との間隔は一メートルにも満たない。秀夫がそこに立って、前夜のうちに光子がかっておく潜り戸の安全錠をはずしてから、その戸を後ろ手で閉めて出て行くのは八時三十分である。潜り戸の正面にある路地は十メートルほどで尽きて、その路地とは丁字形をなしている横丁を右へ六十メートルたらず行くと市電通りへ出る。当時の省線電車——現在の国電大塚駅前から春日町を経て御徒町《おかちまち》のほうへ通じていた電車通りで、右角が深田葬儀店、左角は二見自動車商会のガレージになっていて、大型の乗用車が三台おいてあった。タクシーではなくて、ハイヤーである。

深田葬儀店についてまた右へまがると、すぐ右側に市電の大塚車庫があって、その先の左側にある省線の大塚駅までは、家を出て徒歩五分の距離であった。

が、大塚駅をふくむその周辺一帯の地名はこんにちでこそ北大塚とか南大塚となっているものの、当時は大塚ではなくて、一つ上野駅寄りの駅名とおなじ巣鴨であった。言いかえれば、巣鴨という一つの町に巣鴨と大塚という二つの駅があった。しかも、それまで府下北豊島郡に属していた巣鴨一帯が大東京市の誕生にともなって豊島区に編入されたのは昭和七年の十月一日で、秀夫がその新市域の巣鴨七丁目千八百四十五番地から一番地ちがいの千八百四十四番地の今の家へ移転してきたのは、光子と結婚した前月の昭和九年十月のことである。そして、二人はその家で早くも二度目——昭和十一年の正月をすごしてしまったのだが、裏通りにもびっしり人家が建てこんで、表通りには市電が走っていても、まだそのあたり一帯にどこか新市域——悪くいえば場末の感じがただよっていたことは否めなかった。彼が短靴ではなくて、やや時代おくれの編み上げ靴をはいているのも、そのへんでは梅雨期や霜どけのために道がぬかるむからであった。

最後の都電といわれてただ一系統だけ残存している現在の荒川線——当時の王子電車の大塚駅前停留所は暗い感じのする省線のガード下にあって、荒川車庫行に乗ると次が巣鴨新田で、秀夫はその次の庚申塚《こうしんづか》で下車する。そこから右へ商店街を二、三分あるくと、彼の勤務先である東都貯蓄銀行巣鴨支店は左側にある。

そのすこし先のおなじ側には「とげぬき地蔵」として知られる万頂山高岩寺があって、毎月二十四日の縁日には大変なにぎわいを呈するが、それ以外の日も香煙は絶えない。境内の中央には線香たき場があって、病人や負傷者はその煙にかざした掌で自身の患部をなでれば平癒すると信じられているために、線香は終日たきつづけられる。その煙が、商店街にも流れ出てただよう。高岩寺の前をさらに先へ行けば、巣鴨駅前から水道橋方面へ通じている市電通りへ出た。

銀行はそのずっと手前にあるわけなので、彼の家からの所要時間は王子電車の待ち時間を入れても十五分とみれば充分だから、八時三十分に出ても九時十五分前には行員の通用口へ行き着く。電車を利用せずに別の道から徒歩で行っても二十分まではかからないのに、秀夫がわざわざ大塚駅前を迂回して、交通費をつかってもわずか二た停留所ばかりの電車へ乗るのは、銀行での彼の仕事が来る日も来る日もただ歩くことにのみ終始しているために、せめてそれだけの変化でももとめたいという心からにほかならなかった。

(――電車をやめてくれたら、二人で月に二度ぐらいは映画を観に行けるのに)

光子はそう思っても、口に出したことはない。が、黙っていたのは、秀夫の気持がわかっていたからではなかった。秀夫のほうも、光子がそんなことを考えているとは想像もしていなかった。

前任者の大谷伝吉から秀夫が受け継いだ得意先係という部署は、定期預金の加入者からそれぞれの目標額に応じた月掛け金を集金したり、そのかたわら新規の契約者を募集するためにあちらこちらをまわり歩く係で、巣鴨支店の得意先係が歩く範囲は滝野川区一帯、いわゆる地元の豊島区巣鴨の大部分と板橋区、小石川区の一部である。したがって、出勤後はまずその日のうちに自身が歩く予定の道順によって集金カードを仕分ける。それから出納《すいとう》係のところへ行って釣銭用の小銭として二十円受取ると、支店長から小形の銀行印と入金票を手渡されたのち、それらを加入勧誘用の営業案内といっしょに銀行備えつけの手提げ鞄へ入れてから通用口を出る。その時刻は、どうしても十時前後になった。満期が近づくにしたがって月掛け金は漸減していくために、午後の分もふくめて一軒一軒の計算に時間がかかるからである。

濡れた洋服で客に接するわけにはいかないから、雨の日はレインコートを着て傘をささねばならなかった。暑い日でも上着は脱げぬいっぽう、寒い日は手がかじかんでカードに文字が記入しにくいので、内勤だったころより仕事は何倍もつらい。当時の世間一般の風習に反してノー・ハットにきめてしまったのも、そうしておけば何処《どこ》でいつ銀行の客に行き遭っても、また気づかずにすれ違ったとしても、大して失礼をおかさずに済むからであった。得意先係は、それほど気をつかわねばならない。それに、午休みの時間も、預金係だったころにくらべれば不定になった。

「おっ、今日は早いんだね」

午前の集金を終って食堂へ入っていくと、上司や同僚から声をかけられることがある。逆に、おそくなる場合もあった。

東都貯蓄銀行では、本店でも外食がみとめられていない。本支店の別なく、現物給与というかたちで行員に支給される昼食の時間は午前十一時から正午までの各三十分ずつときめられていて、先組と後組とに分かれていたが、外へ出ると相手次第で一軒五分間の予定が十分になったり、十五分になることもある。新規契約がはさまれば三十分や四十分では済まぬこともある。秀夫の場合は、仕事の関係でどちらの組にも属していなかった。

早く戻れば先組、おそく帰れば後組へ入って食事をすませると、煙草をすいながら雑談をかわしてからまた午後の集金に出るわけだが、金庫がしめられるのは四時十五分前後なので、おそくも三時四十分ごろまでには帰ってきて入金と釣銭の残高の精算をすませる。台帳も金庫に収納されるので、客から用事で手がはなせないために後でもう一度きてくれと言われておそく帰行した日などはいそがしい。それに正確が第一だから、額は問題ではない。二銭か一銭の誤差でも、頭がかっかとして脂汗をかく。釣銭をまちがったか、計算のミスかを突き止めねばならぬからであった。

もともと零細な積立金がねらいだから、訪問先は白米商、ブリキ屋、煎餅屋、風呂屋、飴屋、石工、古着屋、ラジオ店、酒屋、薪炭商、乾物屋、八百屋、味噌問屋、蕎麦屋等々の主として日銭の入る職種が対象とされている。サラリーマン家庭などの仕舞屋《もたや》も皆無ではなかったが、きわめて稀であったために、日によって歩く地域にいくばくかの相違はあっても、客とのあいだにかわされる会話の内容は、おおむね何処へいっても似たりよったりであった。

天候がいいとか悪いとか、暑いとか寒いとか、景気がよくないとか、満洲での戦局はずるずると拡大されるのではなかろうかとか、ほぼきまっている。老主人から嫁や孫の話をきかされることもあるが、社会的関心は概して低い。

が、昭和七年の九月には世界の反対を押し切って満洲国が承認され、八年三月には国際連盟を脱退したのと前後して関東軍の華北への進攻がはじまっていた。「天国に結ぶ恋」として知られた坂田山心中が生じたのは七年の五月で、八年二月にはじまった大島の三原山噴火口への投身自殺は、その年度内だけでも男女合計九百四十四名に達している。さらに、おなじ年には自殺や心中のムードを刺戟するという理由で、ダミアのシャンソン「暗い日曜日」のレコードが発売を禁止された。ヨーヨーと「東京音頭」が狂ったように流行したのも、昭和八年である。そして、十年の八月十二日には陸軍部内の派閥抗争から、統制派の永田鉄山軍務局長が皇道派の相沢三郎中佐に陸軍省で斬殺されている。好戦的な軍部をおさえる力は、もう政界にはなくなっていた。げんに斎藤実・岡田啓介と、首相は海軍の軍人が、なかでは穏健派だというだけの理由で二代つづいている。もはや事態はどのへんで食い止められるかという点にのみかかっていて、戦争の拡大を避けることは不可能だろうと予測された。しかもそのいっぽうでは、東北地方がさんたんたる凶作にみまわれて多くの婦女子が遊廓へ身売りされたり、都会では失業者が続出して「失業帰農軍」などという新語も生まれていた。雇用の途はとざされて、学卒者が中卒と学歴をいつわって職にありついたというような笑えぬ逸話も巷間にながれて、「大学は出たけれど」という映画もつくられたほど暗い社会状況であった。

よしんば薄給でも職に就いて、どうやら食いつないでいられればよしとせねばならぬ時代であった。

巣鴨支店には支店長以下十二名の行員がいて、その正月で数え年の三十一歳をむかえた秀夫はほぼそのまんなかにあたる第七席であったが、通常他の企業のばあい高専出の初任給が四十円、学卒者は六十円であったのに、中卒に相当する夜間商業出の彼の東都貯蓄銀行における本俸はここ二年ほど四十六円でしかなかった。もっとも、そのほかに毎月十円の住宅手当が支給されていたし、六月と十二月には月給の三十割、すなわち百三十八円ずつの賞与が出ていたから月平均の収入は七十九円で、光子はなにがしかの貯蓄もしていたが、もし子供が二人も出来たらどうなるか、見当もつかなかった。

（——生い立ちが生い立ちだから、これも仕方がないんだろう）

同僚からたまに小料理屋かおでん屋などへ誘われることがあっても大抵はことわってまっすぐ家路につく彼は、朝と逆に王子電車を大塚駅前で下車して、深田葬儀店と二見自動車商会のあいだにある住宅のつづく横丁へさしかかると、その道が市電通りにくらべてにわかに暗くなるためか、時によって溜め息とともに自身の生育過程をかえりみずにいられなくなることがある。茶の間の額のうしろへかくしたままになっているチヨノの写真を棄てるか焼くかしなくてはいけないなと思いつくのも、そんなときであった。

自己の生い立ちからチヨノの写真への連想には、切りはなしがたい一とつなぎのかかわりがある。断髪のチヨノの写真は、彼女がまだ湯島の撞球《どうきゅう》場ではたらいていたころ広小路の写真館で撮影したものであった。耳朶《みみたぶ》のへんで髪を剪《き》った彼女の右の頬には小さな片笑窪があって、セピア色の写真には、その笑窪もうつっていた。

　横丁をさらに左へまがったほそい路地の突き当りに、秀夫の家はあった。敷地のむかって左端へ寄せて建てられている太い丸太の門柱の左右には青竹に似せた緑色のナマコ板の目かくしがあって、門柱の先端ちかくに取り付けてある球形の外燈が、潜り戸とそのナマコ塀をにぶく照らしている。

　光子との婚約がととのいはじめていたころ、秀夫が玄関と茶の間と居間という三間きりの、その借家へ入ることにきめたのには二つの理由があった。隣家とは隙間がないほど密着し合っていても、その家屋が兎にも角にも独立した一戸建で長屋ではなかったことと、もう一つには門柱があったためで、よしんばどれほど貧弱でも門構えの独立家屋に入りたいというのが、当時の彼のはかない虚栄心であった。チヨノを識ったことで、彼の虚栄心は芽生えた。

　が、いまではそんな心もしぼんだ。何に対しても、もうどうでもよくなった。

　光子と暮すようになってから、大した額であるはずはないにしても、彼の貯金はそれまでと比較にならぬほどふえた。が、精神的にはさまざまなものをうしなった。

(――脱け殻だな、まるで)

秀夫はうつろな自身に気づくことがあったが、それは光子のせいではない。すくなくとも、彼自身はそう思っていた。

＊

松井のぶには、照江と静代という二人の娘がある。その二人の娘の弟として育てられてきた秀夫が、のぶの口から彼女ら母娘とは異なる自身の姓をはじめて告げられたのは、小学校の入学式を二、三日後にひかえた日のことであった。

(――あのとき、姉たちは家にいたのかどうか。いなかったとすれば、何処へ行っていたんだろう)

記憶とはふしぎなもので、かんじんなことはまま忘れてしまっているのに、却ってどうでもいいようなつまらぬことは覚えていたりする。

「学校へあがると、秀ちゃんは先生やお友達に鈴村君ってよばれるからね」

当時の小学生は、和服に小倉の袴をはいていた。金色の徽章がついた学帽と新しいズックの白い提げ鞄も買ってもらって、それらを身につけた姿をすこしはなれた距離から見せるために、秀夫がもっともっととだんだん後ずさりをさせられて壁ぎわに直立不動の姿勢で立ったとき、のぶはまったく抑揚のない口調でつとめてさり気なく言った。衝撃をあたえまいとする努力が、逆に不自然になった。

その口調の異様さには妙になまなましい記憶がのこっているのに、自分がどんな反応をしめしたか、秀夫は思い出せない。

そのくせ、そのとき自分の眼に映じていたもののことは鮮かにおぼえている。のぶと視線を合わすまいとしたために、じっとみつめていたせいだろうか。四谷の家でのことで、八つ手の植えられている小さな庭に面《おも》した廊下には万年青の鉢が置いてあった。卯の花でよく拭きこんだ廊下は鏡のように黒光りしていて、青磁色の縦長な鉢の形状ばかりか、鉢のふちよりも下へ垂れさがっている葉の色までくっきり映し出していた。

のぶは綺麗好きで、まいにち長柄の箒で天井の煤まではらう。ほんとうの母子でもないのに、秀夫はその性情を受け継いだ。何に対してもどうでもよくなっていたのにもかかわらず、家にいても、勤務先の銀行でも、机の上やまわりなどがちょっとでも乱れたりよごれていたりすると気になった。のぶと違うところは、それが手のとどく範囲だけに限られていたことである。例の額の裏には、綿埃がつもっているに相違なかった。

戸籍謄本には明治三十九年八月二十九日出生と記載されているものの、その日がはたして事実に即しているかどうか、秀夫自身はもちろんのこと、のぶにもはっきりしたことはわかっていない。生後二十一日目だと言われて育てはじめたが、彼女は秀夫の実の両親の顔すら知らなかった。

のぶの母のヨソは、そんな力などどこにもありはしないのに世話好きで、ちょっとでも他人の気の毒な話をきくとすぐ同情して、なけなしの小遣銭や家人の眼をかすめてくすねた米や味噌をあたえたり、知らぬ他人まであやうく家に泊めそうになったりして、そのつどのぶに小言をいわれたりしかりつけられたりしていた。いずれはどこかへ里子に出されるにきまっていた秀夫の養育をのぶに押しつけたのも、ヨソである。

「オムツの洗濯やオンブはわたしがして、お前にはできるだけ迷惑をかけないようにするからさ。オッパイを離れるまででいいっていうんだもの、預かってやっておくれな。ね、たのむ。これだ」

ヨソは掌を合わせて、拝むような仕種をした。

のぶは、吹き出した。彼女の、負けであった。

うまいことを言っても、けっきょく母親がわりをさせられるのは自分だと承知していながらのぶがついその気になったのは、ヨソに抱いて来られた秀夫があまりにもあどけない顔をしていたことと、自身の腹を痛めた子が二人とも女で、男の子がなかったこととも無関係ではない。添い寝をしてやると、情がうつった。

大木戸の近くにあった大黒座という芝居小屋の脇にある横丁で長唄の師匠をしていた秀夫の実母だという女は、麹町の三番町から大木戸の花柳界へ鞍替えしてきて左褄を取っていたことがあるというから、彼女の米八という名は杵屋とか吉住というような長唄の流派の家元からあたえられたものではなくて、恐らく芸者に出ていたころの芸名だったのに相違あるまい。たまたま芸達者であったために師匠がつとまったのだろうし、弟子のうちの半数ちかくは男だったといわれるから、美人かどうかは別としても女としての魅力があったものと思われる。あるいは芸より、そちらの牽引力のほうが強かったのかもしれない。

米八の内縁の夫は彼女よりかなり年少だったらしく、早稲田の学生だという関西地方の醬油醸造業者の跡取りで、彼の田崎三郎兵衛とか六郎兵衛という古風な名はその家の世襲名だとのことであった。さらに、ヨソからの又聞きではいつもぞろりとした着流しの、のっぺりした枕草子のお殿様をおもわせる色白なやさ男だという話であったが、秀夫の父かどうかはわからなかった。

いずれにしろ米八は男出入りの多い女で、暮しにもゆとりが感じられた。が、乳呑児をかかえていては稽古もできないから授乳期だけ預かってくれとヨソは泣きつかれたわけで、のぶもそのつもりだったのに、米八はいつの間にかどこかへ姿をくらましたまま行方が知れなくなって、秀夫はいわゆる里流れの状態になった。

「こんなことなら、ちゃんと取るものを取っとくんだった。……あの人でなしのあばずれめが」

一、二度牛乳代としてわずかな金をよこしただけで計画的に棄て児をした米八をヨソは口ぎたなくののしったが、後の祭であった。のぶには、はじめから金を取る気などなかった。その意味では、ヨソ以上にのぶのほうがお人よしであったかもしれない。

「可哀そうだもん、いつかおっ母さんが折をみてじかに話すからね、お前たちは余計なことを言うんじゃないよ」

のぶは、秀夫が親なし児であることを当人に告げてはいけないと、聞きあきるほど娘たちに言いきかせた。娘たちも言いつけをまもって、実の弟のように可愛がった。

下の娘の静代が生まれると間もなく四谷区役所の戸籍係であった夫の松井忠文に死別したのぶが、母と二人の娘をかかえていた上に秀夫まで引き取ることができたのは、区役所につながる縁で知り合った鈴村勘次と内縁関係に入っていたからで、勘次は四谷区の撒水夫《さんすいふ》の元締であった。撒水は炎天下の仕事だから、勘次は職業がらいかつい顔が赤銅色に陽やけしていて、逞ましい身体に刺青《いれずみ》などをしていたのにもかかわらず根はやさしい男で、のぶの言ったり頼んだりすることはなんでもきいた。子供たちも、可愛がった。酌婦《しゃくふ》あがりで伝法肌だったという、死に別れた前の女房のハナに手こずっていたせいもあった。

「いいよ、どうせ俺は子なしなんだから」

秀夫の籍を入れてやってくれとのぶがたのむと、勘次は二つ返事で承知した。秀夫が勘次の庶子として鈴村姓を名乗るに至ったのには、そうしたいきさつがあった。

のぶの母のヨソは秀夫が数え年で二歳のとき、鈴村勘次はその翌年つづいて他界した。そのため、秀夫は実の両親はむろんのこと、養父の顔も知らずに育った。六十歳を過ぎていた勘次は、のぶの予想を越える遺産をのこした。のぶの二人の娘と秀夫が、いわゆる「貧家の子」としてではなく育てられたのはそのためである。

二　撞球とダンス

小学校では級長になったこともあって、いつも首席かそれにちかい成績だったのに、秀夫は中学へ進学させてもらえなかった。

のぶは手内職などしなくても、なんとか暮せるだけのものを勘次に遺してもらっていても、やはりゆたかであるはずはなかった。稼ぎ手がいない居食いの一家の生活など、先がみえている。母子四人の暮しで、中学は無理であった。

上の姉の照江が矢藤謙造に嫁いだのも、彼女が人目をひくほどの美貌でなかったらどうなっていたか。

「お嫁にやるとかもらうなんて、品物みたいでいやな言葉だと思っていたけど、姉ちゃんこそほんとにもらわれたんだわね」

照江の婚礼のとき、妹の静代は支度部屋で姿見の前に立っている裲襠《うちかけ》に角隠しという花嫁姿の姉の顔が、化粧でいっそう美しくなったのにみとれながら言った。

「あんたも、早くどっかへもらわれて行きなさい」

「あたしは、駄目。姉ちゃんみたいな別嬪《べっぴん》さんじゃないもん」

静代は、ペロリと舌を出した。

それは事実であったが、静代のほうが愛嬌があって近所の人にも好かれた。照江も気立ては悪くなかったが、どこか取り澄ましているように見える。そういう、顔立ちであった。

大正なかばのことで、東都貯蓄銀行にはいわゆる一流大学の出身者など一人もいなかったし、矢藤も二流の私立大学しか出ていなかったが、他の行員の学歴がそれよりさらに低かったのと、周囲にくらべれば仕事もできたためにゆくゆくは重役ともくされていたエリートであった。それだけに、上司のなかには嫁を世話しようとして自宅へまねいたり、割烹店の座敷で写真を取り出す者まであったが、彼は見向きもしなかった。

形式としては、仲人を使者に立てて正規の手順で縁談がすすめられたが、実質的には恋愛結婚であった。矢藤は松井母子の家のすぐちかくに住んでいて、照江を見そめた。照江は、縹緻《きりょう》のぞみで矢藤に求婚された。区役所の平吏員の後家で、老齢であった撒水夫の元締の世話を受けていたような女の娘では、大した縁談があるわけはなかったので、照江もまよわずに申し入れを受けた。

一時にしろ、近所ではちょっとした評判になった。出世だという言い方もされた。当時としては珍しいことではなかったが、照江は小学校しか出ていなかったからである。

借家には不自由しない時代であったから、矢藤はそれまで兄夫婦とともにいた親許をはなれて、あまり遠くない場所に照江と二人だけの所帯をもった。恋女房であったから、照江の家族の面倒もよくみた。

大正十年三月に区立の四谷高等小学校を卒業するとすぐ、秀夫が日本橋の茅場町にある東都貯蓄銀行の本店に書記見習――給仕として採用されたのは、そうした関係である。照江が結婚してからでは、三年内外の日が過ぎていた。

就職とほぼ同時に、秀夫がのぶとともに矢藤家へ引き取られるというかたちで同居するようになったのは、下の姉の静代もその前の年に御徒町にちかい下谷《したや》区西町の電気工事請負業のかたわら、自宅でも電気器具の小売商をいとなんでいた檜山捨松の許へ嫁していて、残された母と十六歳の少年の二人きりでは不用心でもあるし、家計を維持していくのが困難だろうという矢藤の思いやりから出たことである。照江が蔭にまわってたのまなくても、矢藤はなにかと気をつかった。それだけ、彼は照江を大事にしていた。

また、檜山には言葉づかいに乱暴なところがあったが、静代も気に入られてむつまじく暮していた。

「二人ともいい旦那さまに恵まれて、あたしもほんとにしあわせだ」

照江の前でも、静代の前でも、のぶは手放しでよろこびをあらわした。金持ちでも、道楽者や冷たい人と連れ添ったら不幸だというのが、のぶの口癖である。

子供は、照江より後から結婚した静代のほうが、嫁入りするとすぐ妊娠して先に産んだ。

「檜山さんのほうが上手なんだね」

のぶは言って、相手の顔をあかくさせた。

区役所の戸籍係だった松井忠文が早死にしていなければ、のぶもそんなことを言う女にはなっていなかっただろう。秀夫は顔もおぼえずに死なれた自身の仮親の鈴村勘次の上に、善人ではあったかもしれないが野卑な男というイメージしかもっていなかった。実の両親のことは考えるのもいやであったが、いやだという意識が拘泥の変形でしかないことには気づいていなかった。

秀夫を可哀そうだと思う二人の姉の心は、微妙に相違しながらも、彼女らの連れ合いに影響をあたえていた。矢藤は柔和に、檜山は粗野ながら、二人とも秀夫の不幸な生い立ちという先入観にとらわれて、つい監督者であるよりも同情者になりがちであった。いかなる場合にも、偏向は感心したものではない。

暮しむきは西町のほうが苦しいようであったが、照江のサラリーマン家庭とは違って、体面や体裁をつくる必要がないだけ静代のほうが連れ合いに打ちとけていたようで、秀夫はどちらかといえば町っ子風なところのある檜山のほうに親しみをいだいていた。矢藤は秀夫とおなじ家に住んでいる銀行の上司でもあって、どこかに煙たいところがあったからだが、将来のことまで考えてくれる点となると、檜山よりは上であった。

秀夫は高等小学校でも首席を通していたので、矢藤はかねてから彼の学歴をそのままで終らせるのは惜しいと言っていた。

「夜学だもの、年のことなんか考える必要はない。勤め先や家庭の事情で通学できなかったために、秀ちゃんより年上の連中だってかならずいるはずだよ。うちの銀行の佐川信晴ね、彼も大倉商業へ入ったのは二十歳《はたち》のときだったもの」

学歴社会では、そうしなければ這い上れないことはわかっていた。殊にその面では総体的に水準の低い東都貯蓄銀行の場合は、その程度の学歴でも身につけることは重要であった。

二年間も学校から遠ざかって、なんとなく腰が重くなっていた秀夫が矢藤のすすめで渋谷にあった第一商業学校の夜間部へ入学したのは大正十二年の春で、その直後に生じた関東大震災と徴兵検査をあいだにはさんで昭和二年に卒業したときには、二十二歳になっていた。そして、そのあいだに書記に昇進していた彼は昭和四年に転勤した神田支店では、算盤《そろばん》の実力を買われて計算方に配置された。昭和四年は、十月に端を発したニューヨーク株式取引所の大崩壊から世界的な大恐慌の嵐が吹きまくった年である。その結果強行されたのが金解禁の措置で、金解禁はその後の不景気をもたらした。

秀夫の青春期は、そうした時代と正確にかさなっている。

関東大震災をさかいに、東京市民の居住地はそれまで郊外とよばれていた地域へ急速にひろがりはじめた。中央線、小田急、京王、東横、玉川、目蒲、京成、東武、西武などの沿線に住宅地が出来て、田園、林間、学園などという名の飛び地として発展するものもあった。当時のことばでいえば「都会地図の膨張」という現象が生じていたわけで、矢藤謙造が行員にあたえられる特典を活用して低金利で借入れた資金をもとに、四谷区の借家からまだ府下北豊島郡だったころの巣鴨五丁目に新築の建売住宅を買い入れて移転したのは、昭和五年のことである。

のぶと秀夫もそれにつれて、玄関の間まで入れれば六間もあるその家に移ったが、居住地との関係も考慮されたのか、秀夫は二年後の昭和七年四月に巣鴨支店へ転勤になると、間もなく計算方から預金係を命じられた。重役候補の矢藤にはずっと茅場町の本店勤務がつづいていて、転勤は一度もなかった。

「どうする、今日は……」

神田支店にいたころ、閉店まぎわになるとしばしば秀夫を上野へさそったのは、本店時代の給仕仲間で神田の職場でも顔が合っていた千原和衛であった。逆に、秀夫のほうからさそうこともあった。

昭和初年代は「銀ブラ」の最盛期であったが、東都貯蓄銀行の行員間には、言わず語らずのうちに自身の勤務先に対する三流もしくは四流という劣等意識があって、茅場町の本店でも閉店後に銀座へ出る者はいない。地元の日本橋附近も夜は早じまいの店が多いので、ちょっと一杯というときには神田駅の附近が多かったが、映画をみるとか麻雀などをしようというときには円タクで上野へ出た。円タク――一円タクシーといっても値切るのが常識で、茅場町から上野ぐらいなら三、四十銭が相場であったし、市電の乗車賃は七銭であったから四人では二十八銭になる。タクシーで上野へ出ることは、贅沢でもなんでもなかった。

庶民的な飲食店などの多い上野は、秀夫にとっても本店時代から馴染みのふかい盛り場であったが、神田支店から巣鴨へ帰宅するためには広小路と春日町で市電を二度乗り換えねばならなかったのと、学校を卒業したあとは暇が出来たために上野で遊んで帰ることが多くなっていた。そのうえ千原の家は大塚にあって、彼も広小路で乗り換える一人であったから、そこまでの車中でもどちらかがさそうこともあった。

おたがいに書記に昇進して、同僚とは対等の口をきくようになっていたものの、彼等は給仕だったころの少年時代を上司に知られているだけに、すこし大人っぽい場所へ出入りするときにはなるべく二人きりになりたいという気持になる。気が合うというのともちょっと違っていたが、そんな共通点が、一時的にもしろ彼等に同一行動をとらせた。事実、そうした間柄は神田時代だけにとどまって、秀夫が巣鴨支店へ転勤になってからはしだいに疎遠になってしまったのだが、この時期に千原と職場がおなじであったことは、思いもよらぬ事態を秀夫にもたらした。

二人とも飲むことは飲んでも強いほうではなかったから、御徒町のガード近くにある焼鳥屋の三幸や公園前のおでん屋の一平へ入って銚子をかたむけても、一人分の勘定としてはせいぜい一円どまりというところで済んだ。

映画を観たり、ときには寄席へ入ることもあったが、広小路のほうから行けば天神下の電車停留所の角を左へ折れた小暗い通りにあるユニオンという撞球場へ立ち寄ることがしだいに多くなった。週に二度か、多いときには三度にもなったから、通いつめたという形容も成り立つ。どこへも寄らずにまっすぐ行って、出前させたラーメンかチャーシューメンをゲームのあいだに食べることもあった。

「こっちは、夕御飯をこしらえて待っているのに」

酔って帰って来るわけではなし、十時を過ぎることもめったにはなかったが、のぶは同居させてもらっている家の娘聟《むすめむこ》に気兼ねをした。

「十二時、一時っていうんじゃないんだから、いいじゃないですか。夜学へ行ってたころは遊ぶ暇がなかったんだし、秀ちゃんだってすこしは羽をのばしたいでしょう」

そう言って、矢藤はかばった。秀夫の不幸な生い立ちという先入観に対する同情は、そんなときにもそんなかたちになってあらわれた。

「遊びたい盛りですもの。女房持ちになりゃ変るんだから、それまでの間だけよ」

脇から、照江も口を添えた。

そういう家族の態度も、秀夫の寄り道を助長した。

ゲームは、上達すればいっそう面白くなるものである。それに、撞球場のゲーム取りには若い女が多かった。ユニオンの場合も、例外ではなかった。男女交際の機会がきわめてとぼしい時代であったから、若い男たちはダンサー、喫茶ガールはもちろん、煙草屋の小町娘などと評判される売り子にまで目をつけた。

「……十三、十六点ゲーン」

ユニオンの須川チヨノは、ボッブヘアともお河童ともいわれた断髪の前髪を眉毛がかくれるあたりで剪りそろえていて、いつも眠そうな調子でゲームを取ったが、戦前はさかんだった撞球も戦後はすっかりすたれてしまった。

　各自の持ち球は二つある白球のうちのどちらか一つにきまっていて、持ち球が白紅もしくは紅白に当たれば二点、紅紅なら三点、白と紅が二つの計三個に当たれば五点という勘定をそれまでの得点にプラスして、撞《つ》き手《て》の実力に応じた持ち点の五十点なり六十点に達するまでにはあと何点かということを計算して競技者に告げる。それがゲーム取りの役目で、「十六点ゲーン」ときこえるのは「十六点ゲーム」の意で、あと十六点でゲームセットだと知らせるわけである。

　秀夫の持ち点は六十点であったが、実力は七十点か八十点ぐらいで、マッセなどにもその程度の持ち点の所有者としては巧みなものがあった。すこし無理をすれば八、九十点にしても通らぬ腕前ではなかった。持ち球が二個以上に当たらなければミスで相手と交替することになって、相手がミスをしたらまた自分が撞くということを繰返しながら、ほぼ三、四巡ぐらいで撞ききるのを持ち点とするわけだが、二人で勝負をあらそって先に自身の持ち点に達した者のほうが勝で、ゲーム代は敗者が支払うことになっているから、秀夫が持ち点を六十点で押し通しているのも撞球場ではそれが常識になっていたし、正直であり過ぎると負けてゲーム代を払わされつづける結果になるから、やむを得ざる防衛策でもあった。相手が撞きにくい後球をのこすことも作戦の一つで、撞球は紳士のゲームにしろ、街の競技場での勝負の世界にはきびしいものがあった。

チヨノの持ち点は百点であったが、やはり実力はそんなものではない。それに、眠たいような声を出すのは、寺院の案内僧や観光バスのガイドばかりか駅員や電車車掌のアナウンスが歌うような節をつけるのとおなじで、ゲームを取るときだけにかぎられている。普通の会話の場合には、はっきりした口のきき方をした。東北の、それも仙台とか盛岡というような都市ではなくて、山形県の農村部の出身だというのに、当時としてはめずらしく訛りもほとんど感じさせなかった。どうかした拍子に、ちょっとアクセントがおかしくなるだけであった。

「鈴村さんのお兄さんは、重役候補なんですってね」

たまたま秀夫のほかには一人も客がいなかったために、彼の勝負相手になっていたチヨノが突然言った。昭和七年の四月に巣鴨支店へ転勤になってから、五ヵ月ほど経っていたころのことである。

千原のほかに、そんなことをチヨノに告げる者はいない。秀夫はいま義兄の家にいて、その義兄というのは……というような話題が、そんなふうに展開したのだろう。が、その一つの展開が、ユニオンの主人夫婦とチヨノのあいだにどんな波紋を投げかけていたか、秀夫はまったく知らなかった。

「よけいなことを言う奴だなあ」

「でも、ほんとなんでしょ」

チヨノは上体を折って持ち球をキューでねらいながら、秀夫の顔を見ずに言った。口はきいても、負ければゲーム代が取れないから真剣である。真剣になると、チヨノの左眼は心もち斜視になった。斜視になったときの、チヨノの雪国の女に特有な色白な顔には、変な魅力があった。働いているときの彼女を知らぬ者には、その魅力がわからない。

「来週の水曜日は、お休みにしてくれるってお父さんが言うの。どっかへ連れてって」

甘い声で言ったとき、やさしい球をチヨノはミスした。緊張で、手がふるえていたためか。それにも、秀夫は気がつかなかった。

「病気でもないのに、銀行を休むわけにはいかない」

青いチョークをタップになすりつけながら、秀夫は言った。タップはキューの先端のことで、チョークはタップを球に当てるときの滑りどめである。

「そんなこと、わかってる。夕方からでいいの」

時間を打ち合わせて、仲通りのしるこ屋で落ち合ったのが最初であった。

チヨノは濃紺の地に大柄な臙脂の絣という銘仙の着物に、幅のせまい格子縞の黄色い帯を胸高にしめていた。その帯が兵児帯かと錯覚させられるほど、断髪のチヨノは少女じみていた。

数え年の十八だから、満では十七歳でしかない。撫で肩で、胸も薄かった。もっとも、彼女はどちらかといえば着痩せするほうであった。その証拠には、店でワンピースの洋服など着ているときには、それほど痩せてみえない。そして、着物を着て来て、痩せてみえたところに秀夫は惹かれたのだから、運命の骰子《さいころ》は誰にも予測できない。

(――見そこなっていたなあ)

げんみつに言えば、秀夫がチヨノを見直したのはこのときのことである。

が、見直したからといって、激しく燃えあがったわけではなかった。あらゆる男女が恋愛によって結ばれるとかぎったものでないことは、見合いという制度があることによっても明白である。それとほぼひとしい軌道に、秀夫も乗りはじめていた。

ユニオンのゲーム取りは、チヨノ一人しかいない。しかし、球台は三台もあるので客が混むと経営者である岩崎夫婦も店に出たが、チヨノは二年前の十六歳のとき養女にするという約束で、同じ村の出身者で子供のない岩崎参一に東京へ連れて来られた。彼女がチョビ髭をはやして蝶ネクタイをしている岩崎を「お父さん」とよんでいたのはそのためで、都会の生活にあこがれていたチヨノと、ゲーム取りがほしいという岩崎の希望が符合して彼女の上京は実現したのだが、まだ入籍はされていない。チヨノは、生家の須川姓のままであった。

逢ってみてわかったのだが、上京後二年たっているといっても、チヨノは店の商売があるのであまり外出できなかった。店の客から耳では男女間のいろいろなことを教えられていても、女友達が出来る機会すらなくて、昼のうちに一人で浅草へ遊びに行ったことも数えるほどしかなかったから、意外なほどすれていなかった。その点も、秀夫には気に入った。

「お父さんは、あんたが僕と会ってることは知ってるんだろ」

「うん」

「よく許すね」

「うん」

「反対は、ぜんぜんしないの」

「うん」

秀夫がきいても、岩崎参一の態度に関するかぎりチヨノは一言も説明しない。あとから考えてみれば、彼女は説明できない立場に置かれていたのであった。

水曜日がいちばん店のひまな日だというので、その後も二人は水曜日というと外で待ち合わせて映画を観たり喫茶店や飲食店へ入った。が、ひまだとは言っても昼ならともかく、撞球場は夕方から客の多くなる営業で、一人しかいないゲーム取りのチヨノを岩崎夫婦が寛大に外出させたのは、はじめから二人を結婚させるつもりになっていたからにほかならない。それも、千原和衛から秀夫の義兄の矢藤謙造が数年のうちに東都貯蓄銀行の重役になることは間違いないときいて、そうなれば秀夫もかならず出世すると勝手に想像したことに端を発していたのだから、あきれるほど単純すぎる。それでよく地方から東京へ出てきて三台もの球台を置くような撞球場の主人になれたものだと驚くほかはなかったが、岩崎参一のばあい生活力と世間知とは別ものだったのだろう。いや、それほど単純であったからこそ、かえって生活者としては果敢にあらゆる障碍を乗り越えて来られたのであったかもしれない。

たよるべき理性や知性をもたぬ庶民は、動物的な勘を判断の基準にする。そこに、不可知の危険をともなう当たりはずれがあることはやむを得なかった。秀夫がいわゆる間違いを起して、チヨノが疵ものとよばれる状態になればなったで、岩崎にはなにかまた考えがあったに違いない。それだからこそ、彼は平気でチヨノに休暇をあたえて、秀夫に接近させる機会をつくり上げるように仕組んだのであったろう。

が、二人のあいだには、いっこうにそんな気配がなかった。昭和戦前の青年にとって最もおそれられていたものは、思想問題を別にすると肺病と性病と妊娠で、秀夫もその例外ではなかった。

「鈴村さんは、チヨノを嫁にもらってくれる気じゃないんですか」

しびれをきらした岩崎から切り出されたのは、十月なかばのことである。

当時の男性の結婚適齢期は二十四、五歳であったし、秀夫は二十七歳になっていた。自分からは言い出しかねていただけのことで、その言葉に手をさしのべられた思いであったから、月給をたずねられて岩崎の顔が曇ったのを見ると、狼狽のあまりつい嘘までまじえざるを得なくなった。

「そのほかにも年二回のボーナスが入るし、世帯をもつことになれば義兄《あに》もすこしは援助してくれると思いますよ。なにしろ子供のころから僕を可愛がってくれている上の姉が恋女房で、義兄は姉の言うことならなんでも聞くんですから」

彼の言葉は隙間だらけでも、矢藤が秀夫を銀行へ入れて、げんに義母ののぶと義弟の秀夫を自身の家に十年以上も置いているという現実には千鈞の重みがあった。

矢藤に打ち明けても、頭から反対を受けることはなかっただろう。直接に訴えづらければ、姉の照江に話をして取り次いでもらうという方法もあった。が、秀夫は日ごろから矢藤より下の姉の連れ合いの檜山捨松のほうに親しみを感じていた。特に神田支店にいたころには、乗り換えのために広小路で電車を降りると西町の家は近かったので、正午で閉店になる土曜日というとしばしば立ち寄った。巣鴨支店へ転勤後も、日曜日などには遊びに行っていた。子供たちも、彼にはよくなついている。

「巣鴨の兄さんには、これまで銀行員は社会的信用が大切だから、水商売の女にだけはひっかからないようにしろって再三注意されてたもんで、どうも話しづらいんです。

……相手は商売女じゃないけれど、素人ともいえない玉突きのゲーム取りなんですがね、募集の貼り紙をみて迷いこんで来たような渡り者じゃありません。そこの主人とは同郷で、養女にするっていう条件で東京へ連れて来られたんだそうですから、住み込みというより自宅にいるようなもんで、割合い監督もきびしくされているようです。……それに、僕の見たかぎりではあんまりすれてもいないように思うんですけど、いちど当人と親がわりになっている岩崎参一っていうんですが、その店の親仁に会ってもらえませんか」

果物をみやげに持っていって、秀夫はたのんでみた。

「嫁ってもんはね、家柄や財産より気に入った相手をもらうのが一番なんだ。秀ちゃんが附き合ってみた上で気に入っていて、どうしてももっていうんなら、一と肌ぬぐよ。俺が会って、これならっていうことになったら、巣鴨のほうへも話すっていうことでいいだろう。駄目なら、その話はなかったことにして巣鴨へは頬かぶりで通しちまうほうが、秀ちゃんとしても気楽だろう」

「そうしてもらえれば……」

「いいとも。……じゃ、善は急げだ。広小路の、たぬきって料理屋を知ってるだろう。

座敷はあの店なら、俺は組合の寄り合いにちょいちょい使っていて無理がきくんだ。座敷はかならず取らせるから、水曜日が先方のひまな日だってことなら、今度の水曜の六時半に、あすこで逢うことにきめちまおう。勘定は俺がもつからって、帰りにでも寄ってむこうへ言っといてくれよ」

檜山は、秀夫がいっしょに住んでいる矢藤ではなく、自分のところへ話を持って来られたのが余程うれしかったとみえて、すっかり乗り気になった。ふだんから何かと気をつかってはいたものの、姑や義弟の面倒は自身の結婚以前から矢藤ひとりにみてもらう状態がつづいていたので、ここでなんとかしたいという気持になっていた。

が、その結果は、逆に岩崎をひどく落胆させた。彼にしてみれば、秀夫の背後に矢藤がいると思えばこそチョノの配偶者にえらんだのである。そこへ秀夫の勤務先である銀行とは無関係な電気工事の請負業などをしているもう一人のほうの義兄が出て来ることになったのでは、あてがはずれた。が、すでに話が当人同士から家対家というところまで進展してしまった以上、いまさら檜山ではいやだとも言えなくなった。

「すいませんねえ、水曜日にしてくだすったのは鈴村さんでしょ。主人が駄目でしたら、かならずあたしがチョノを連れて行きますから、西町のお兄さんにはよろしく仰《おっ》言《しゃ》っといてください」

不機嫌にむっつりしてしまった亭主の参一にかわって、女房のあきがとりなした。あきは日本橋の大川端に面した箱崎町で生まれた下町っ子であった。下町っ子は淡白だといわれるが、女は男にくらべて常に現実主義者である。あきは下交渉の段階では誰が出て来ても大差はなくて、要は矢藤にゆく先ざきほんとうに秀夫の面倒をみつづける意志があるかどうかだと割り切っていた。

「主人も行けるかどうか、はっきりした人数は、明日こちらから銀行へ電話でお知らせしますよ」

あきが言ったのは、秀夫が帰ったあとで岩崎の気が変って自分も行くと言いだす場合を想定した伏線であった。いや、それればかりではない。

「チヨノには二年もいてもらったのに、あたしたちにはろくな支度がしてやれなくて、まったくの裸んぼだから、西町のお兄さんに気に入っていただけるかどうだか」

気がかりだと、言い足すことも忘れなかった。そこらあたりが亭主の参一より駆引きに長じていて、あきの食えないところであった。ビリヤード店主としての岩崎のこんにちを築いたのは、彼女の力だったのかもしれない。

あきの思惑は半分はずれたが、半分は的中した。たぬきでの顔合わせには檜山と秀夫、チヨノの側からは当人と岩崎夫婦が出ていろいろさぐりが入れられたが、夫婦が思ったほど矢藤の助力は期待できそうにもなかった。が、チヨノの嫁入り支度——箪笥とか夜具などは檜山がととのえて、挙式や披露宴の費用も岩崎夫婦には負担をかけないということに話がきまった。

「兄さんには、すっかりご迷惑をかけることになって……」

そこからは近い西町までならんで歩きながら秀夫が頭をさげると、

「いいんだ、いいんだ。はじめから、俺はその気でいたんだから」

檜山は、自身の顔の前で右の掌を左右に振ってみせた。

「おっ母さんと秀ちゃんのことは今まで巣鴨の兄さんにまかせっぱなしだったから、こんな時こそ奮発しなきゃなんて、ゆうべもうちの人は言ってたんだもん、いいんだろ」

西町に着いてから姉に礼をのべると、静代もあっさり言った。

それから数日後にのぶと矢藤夫妻の合意も得た上で結納が取り交わされて、挙式の日取りが十二月十八日に定められたのは、年を越すとチヨノが十九歳になって、十九は女の厄年だからという理由であった。

池之端の東仙閣でおこなわれた披露宴には、矢藤の顔もあって銀行の上司やほんの数名にしろ秀夫の同僚も顔を出したためにどうやら恰好だけはついたものの、新婦側の列席者は岩崎夫婦だけで、チヨノの実の両親は姿をあらわさなかった。そのため、秀夫はついにチヨノの実父母とは一度も顔を合わさぬまま結婚生活へ入る結果になった。

披露宴と箪笥や夜具その他の嫁入り道具に要した費用はしめて百四、五十円かかったが、檜山はそれを自分ひとりで出して、矢藤には祝金の二十円を出させただけで、それ以外は受取らなかった。矢藤とは妻同士が姉妹なので、対抗意識がなかったとは言えない。

秀夫はすでに豊島区になっていた巣鴨七丁目千八百四十五番地の二軒長屋の一軒に、その月の一日から独りで入っていた。その家にはのぶが手伝いにいって家財道具の配置などもすませていたし、食事の世話もしていたが、式の数日前にその家へチヨノを案内した秀夫は、そのときはじめて六畳の居間の中央で立ったまま彼女と接吻した。背中と腰へ腕をまわされたチヨノは、自身の両腕をだらりとさげたまま秀夫の口の中へ棒のように硬くした舌を入れた。彼女は撞球場ではたらいていて客同士の話からそういうテクニックがあることを聞きかじっていたが、初体験のために腕をどうすればいいのかわからなかった上に、緊張で舌に力が入ってしまったに過ぎない。

商売女ではないが、素人とも言えないと秀夫が檜山に告げた点が、そんなところにもあらわれていた。すれていないという彼の観察も、誤ってはいなかった。二人きりで、彼等以外には誰一人いなかったのに、性行為はなかった。

新婚旅行の予定ははじめからなかったので、披露宴が終ってからタクシーで新居へ着いたのは午後の九時ごろである。それから炭火をおこして火鉢へ入れると二人は火にかざした手を握り合って唇を合わせたが、そのために沈黙が生じると、隣家のラジオが壁を通してきこえてきた。

「こんな長屋へ鈴村秀夫の表札を出すようになるなんて、思わなかったよ」

抱擁の腕をほどくと、秀夫はエアーシップに火を点じてから言った。

「あたし、やっぱり疲れた。……ねえ、もう寝よう」

チヨノが押入から夜具を出すために立つと、そのあいだに秀夫は火鉢の火に灰をかぶせてから部屋の隅へ片づけて、先に床へ入った。

「……電気、消す？」

　スイッチに手をのばしながらたずねるチヨノに首を振ると、その手をひっこめた彼女は背をむけて、十二月の中旬だというのに一糸まとわぬ全裸で床へ入ってきて秀夫を驚かしたが、それは彼女の郷里の習慣だとのことであった。山形県の農村地帯には土間にモミ殻を分厚く敷きつめた部屋があって、夫婦は蒲団も敷かずにそこへ素裸でもぐりこんで寝るのだと、チヨノは秀夫の耳に口を近づけて囁くような声で言った。

「裸で抱き合って寝るほうが、毛布なんか掛けるより温かいんだよ」

　秀夫は、チヨノの言葉に圧倒された。疲れたから早く寝ようと言ったのは、嘘であった。

　毎晩、早く寝たがった。

　しかし、彼女はユニオンでゲーム取りの合い間に炊事もしていたらしく、心配していた食事も思いのほかまともなものを作った。主婦としては、一応合格であった。

三　見えぬ相手

「あたし、今まで働いてたでしょ。だから、あんたがお勤めに出たあと何をしてればいいかわかんないの。……ひまでしようがないから、昼のうちダンスの稽古に行っちゃいけない？　夕飯の支度までには、必ず帰るから」

チヨノが言いだしたのは、結婚後まだ二カ月ほどしか経っていなかったころのことである。

そのときにも、彼女の左眼は心もち外側へむかって斜視になっていた。それが、なにかに対してチヨノが真剣になっているときの状態であることを、秀夫は彼女が湯島で働いていたころから知っている。その眼に、変な魅力を感じたことも否定できなかった。

(——この眼を好きになっちまったんだよなあ、俺は)

秀夫の顔に、苦笑が浮かんで消える。

ユニオンにいたころ、チヨノは多くの客を相手に賑やかな日々をすごしていた。客がないときにも、岩崎夫婦が傍にいた。一人きりということは、まったくなかった。それが、秀夫と結婚してからは、当然のことながら彼としか接することがなくなった。秀夫が銀行へ行っているあいだは、話し相手がない。勝手口へ酒屋か八百屋の御用聞きが顔をみせるか、自分が夕飯の買いものに出るときのほかは、家のなかでぽつねんとしている。

戦後とはちがって納豆売、煮豆屋、天秤棒で盤台をかついで来る魚屋、それに豆腐屋などもラッパを鳴らしながらまわって来るので、買いものにはあまり出ないですむ。手のこんだ料理などできるはずもないから、食事の支度にも時間がかからなかった。書籍や雑誌はおろか新聞にすらろくに眼を通すわけではないし、裁縫も編みものもできないので、することがない。

いったん外で働いていて家庭へ入った女には、そういう静かな時間と空間に安らぎをおぼえるか、淋しさもしくは退屈を感じるか、二つのタイプがある。チヨノは、その後者であった。

昭和初年代は、慢性化した不況と、いつ拡大されるかしれぬ事変という名の戦争に対する漠然たる不安と、次第に高まるファシズムの跫音《あしおと》のいっぽうで、風俗的にはモダニズムとしての刹那《せつな》的で軽佻《けいちょう》なアメリカニズムが頽廃《たいはい》的に瀰漫《びまん》していた時代である。どんよりした薄暗さと、みるみる普及しはじめたまったく新しい未知の光源ネオンサインに象徴される安手な華やかさが、そのころ流行したマンハッタンカクテルのように、ちぐはぐに混在していた。映画と、流行歌と、カフエーと、ジャズと、ダンスは後者を代表するものであった。銀座は表通りから裏通りまでカフエーやバーで埋めつくされ、ダンスホールは埼玉県の蕨《わらび》にまで出来て、東京の客がタクシーで乗りつけるようになった。女遊びをかねて、横浜の本牧《ほんもく》へ踊りに行く者もあった。当時の地理感覚で蕨や本牧は、現在の熱海ぐらいに相当する。

チヨノがダンスをおぼえたいなどと言いだしたのも、淋しさか退屈と無関係ではなかったのだろうが、そんなことを思いついた動機の、すくなくとも半分までは秀夫にもわかっていた。岩崎参一の実弟でやはり山形から兄と前後して東京へ出てきていた礼治が、人形町でダンス教習所をひらいていたからであった。

教習を受けに行くとすれば、九分九厘そこへ行くにきまっている。礼治なら彼女の義理の叔父のようなものだから、風紀の上でも、経済的な面でも心配がすくない。だから秀夫も気をゆるすだろうと、チヨノは見越して言いだしていた。

「叔父さんのとこだから、行ってもいいだろう？」

彼女の左眼の斜視状態にこめられていた真剣さを、秀夫はもうすこし深く読み取るべきだったかもしれない。が、彼にかぎらず、日常生活のひとかけらに、いちいち細心の注意をはらう者などいるはずはない。殊に秀夫はそのとき、チヨノの心裡より彼女の懸命さによる媚態のほうにより多く心をうばわれていた。若い新婚夫婦のあいだでは、例外なく性慾がすべてに優先する。

「ねえ、いけない？」

チヨノは断髪の片側を垂らしながら首を真横にかたむけて、丹前姿で胡坐《あぐら》をかいている秀夫の膝によりかかって彼の顔を下から見上げるようにした。すこし口をひらきぎみにしているので、歯と歯のあいだから舌の先端がのぞいてみえる。右の頬に小さな片笑窪があって、少女ばなれのしていない容貌であったのにもかかわらず、ある意味ではそれゆえにこそいっそう、色白で陶器のようになめらかな肌をもった彼女のそういう姿態にはコケティッシュなものがあった。

「そうだな」

秀夫がチヨノを彼女の両腕の上からすっぽり抱きすくめて、相手の唇を自身の唇でふさいでしまったのは、彼女にその先を言わせないためよりも、自身の返事をそらしたかったからにほかならない。

「あした、銀行で眠くても知らないよ。今夜は寝かしてやらないから」

その夜もチヨノは全裸になって床へ入ってきたが、ダンスのことには一と言も触れなかった。そして、短く剪った髪が額や頬に貼りつくほど汗まみれになりながら思うさま激しく身をくねらせた長い時間ののちに果てたのは、心のやましさの裏返しであった。彼女は衣類のすべてを乱暴に脱ぎ棄てて床へ入る以前から、すでに自身の考えを秀夫には内緒で実行に移そうと決心していたからであった。

「聞こえたらしい。だから、長屋はいやなんだよね。あたし隣りの奥さんに、ゆうべはお楽しみなんて言われちゃった」

翌日秀夫が銀行から帰ると、チヨノは笑顔で肩をすくめた。

いつもとすこしも変りがないように見えた蔭に、彼女の意志の固さがひそんでいた。

はじめは三日に一度、次第に隔日ぐらいの割合いでチヨノが人形町へかよいつめるようになったのは、暮に結婚した翌春にあたる昭和九年のまだ二月のうちのことである。

寒い季節だからショールは欠かせなかったが、普段着の和服に駒下駄で出かけて、踵《かかと》の高い草履は風呂敷へ包んで行くようにしたのも、近所の人に怪しまれぬための用心であった。が、近所の人の眼はたぶらかせても、同じ家に寝起きしている秀夫の眼はかすめきれなかった。

「いいよ。あたしが買って来てやる」

夜になってから、秀夫が切らしてしまった煙草を買いに行こうとすると、それを押しとどめてチヨノが出て行ったあいだに、秀夫は見るともなく彼女がうっかり隠し忘れた見なれぬ風呂敷包みをひらいて、踵の高い草履を発見した。前後の事情から彼にはすぐ察しがついたが、チヨノが戻ってきて立ったまま手渡してよこした煙草は黙って受取った。

（――いつ言おうか）

ここのところは自分の胸にだけおさめておいて、もうすこし時の来るのを待とうと秀夫は思ったが、意外にももう一人チヨノの行動に不審をいだいていた者があった。

「こないだ、お前の家へ行ったら鍵がかかってたもんだから、買いものにでも出たんだろうと思ってしばらく外で待ってみたんだけれど、帰って来なかったんだよ。チヨノは、どこへ行ってたんだろうね」

秀夫が三月の第二土曜日の午後銀行の帰りに矢藤の家へ寄ると、母ののぶが言った。

「湯島へでも行ってたんでしょ」

秀夫は、なに喰わぬ顔で答えた。

「ならいいんだけど、それが一度じゃないんだよ」

のぶは、結婚前からチヨノには別に男でもあったのではないかと疑っているようであった。男だけが出入りするといっても間違いではない客商売の店で働いていた以上、ある程度までそんな疑いはかけられても仕方がない。

が、かねがね矢藤から銀行員には社会的信用が大切だと言われていた手前、ダンスのことは打ち明けるわけにいかなかったので、白ばくれているよりほかはなかった。へたに余計なかばい立てをすれば秀夫自身が甘いと思われるか、チヨノへの疑惑をかえって深めさせるばかりであったから、口を閉じてしまうほうが得策であった。姉の照江も傍にいたが、母に同調もしなかったかわりには、チヨノの擁護をしようともしなかった。

（――西町の姉ちゃんとは、こういうところが違うんだよなあ）

いずれはまた、檜山捨松夫婦の力を借りることになるだろうと秀夫は考える。話はこんぐらかるに相違あるまいという予想を、このとき彼は持った。

「しっかりしなきゃ駄目だよ」

秀夫が帰るとき、のぶは玄関まで送ってきて言った。

「そりゃ、夕方じゃないのかねえ、夕方なら、買いもんに出てしょっちゅういないことがあるもん。それに、寒い時だから仕方がないけどさ、もうちょっと我慢して待っててくれたら、あたしきっと帰ってたと思うよ。あんたが家へ帰って来て、あたしがいなかったことなんて今まで一度もなかっただろう」

帰宅した秀夫が母の言葉をつたえると、そんなふうに白を切ったチヨノは、秀夫が人形町へ行っていたのだろうと問い詰めても、否定しぬいた。彼が追及を放棄してしまったのは、そのうえ草履のことなど持ち出してもチヨノが認めなければ証拠にはならぬと考えたからであった。

岩崎兄弟と山形のチヨノの実家は、なにを考えているのか。事態は、秀夫の眼に見えぬところで廻転していた。

恐らく、その翌日か翌々日あたりにチヨノは湯島へ行って、三人でよりより協議をした結果、岩崎夫婦のどちらかが山形へ手紙を出したのに相違あるまい。山形の実家から、父の病気が重いのでチヨノをよこしてくれという電報が秀夫宛に配達されたのは、それから五日ほど後のことである。危篤とは書かれていなかったので、秀夫は取り合わなかった。彼にしてみれば、偽電ないし仮病としか思われなかった。

「むこうへも電報がいったんだそうで、きょう湯島のお母さんが来てくれてねえ、お父つぁんが病気だっていうのにあたしを田舎へ帰さないなんて、鈴村さんはなんて冷たい人なんだろう。こんな冷たい人だとは思わなかった。自分たち夫婦の見そこないで、お前にはほんとに済まないことをした。あんな人とはさっさと別れておしまいって、あたし言われたの」

翌日秀夫が銀行から帰宅すると、チヨノは眉を寄せて言ったが、恐らく涙を流すことはないだろうと秀夫は思った。もう別れるつもりになっているにきまっている、と考えたからである。理由も、ほぼ見当がついていた。

チヨノと結婚してからでは、まだ三カ月そこそこにしかならない。そのあいだに秀夫はいちど、彼女が実家へ送金してやってくれと言ったので二十円送らせた。ちょうど、ボーナスが入った時だったからである。が、二度目には十円でもいいと言われたのに、応じなかった。それが、岩崎夫婦かチヨノの親許には不満だったので、父の病気は口実に相違なかった。すくなくとも、秀夫にはそうとしか考えられなかった。

「だって、おかしいじゃないか。お父つぁんは、前から身体が悪かったわけじゃないんだろう」

「だから、急病よ」

「急病って、なんの病気だ」

「そんなこと、電報には書いてないから、わからない」

「じゃあ、ほんとに病気だっていう証拠はあるのか」

「疑ぐるなんて、ひどい。電報が来てるじゃないの。あの電報が嘘だって言うの」

話もこうなれば、もう水掛け論である。

チヨノにしてみれば、電報が嘘でないことを証明するためには、とめられても、許しが出なくても、秀夫を振り切って、兎にも角にも一度は山形へ帰らなくては引っ込みがつくまい。そう思って、秀夫は口を閉じてしまった。行きがかり上、汽車賃は岩崎夫婦に借りてでもチヨノは山形へ行くだろう。しかし、自分は出さない。それがチヨノの父の病気を信じていないという、彼の示し得るせめてものあかしであった。

次の日チヨノは岩崎参一に見送られて、その二年前の昭和七年に竣工したばかりの上野駅から、夜行列車で山形へ帰っていった。十六のとき岩崎に連れられて上京した彼女にとっては、それが最初の帰省であることも秀夫は知っていながら見送りには行かなかった。

岩崎参一が秀夫に会いたいと銀行へ電話をかけてよこしたのは、それからさらに一週間あまり後の四月に入ってからのことである。秀夫は、そのときにも事実上の仲人であった義兄の檜山捨松に立ち会ってもらっている。場所は、その前とおなじ広小路のたぬきであった。

「鈴村さんはチヨノの父親の病気を嘘だと仰言っているそうですが、今日明日というような病状じゃないことは事実です。ただ、座骨神経痛で思うように働けなくなっているんで、よほど家が苦しいらしいんです。それで、なんとも済まないことだけれども毎月三十円ずつ仕送りをしてもらえるように、ひとつ私からお願いしてみてくれと、須川からは言って来ているようなわけなんです」

檜山にさされた盃を飲みほすと、岩崎は返杯してからあらたまって切り出した。

「そんなこと、無茶ですよ」

秀夫がムキになるのを、

「まあ、まあ、まあ」

檜山は、制してから言った。

「ご承知のとおり、秀夫の俸給は諸手当をふくめても六十円そこそこで、三十円といえばその半分ですから、それはどう考えても無理です。さかさに振っても秀夫にそんな金が出せないことは、むこうへ帰っているチヨノだって知っているはずじゃありませんか」

「しかし、鈴村さんはチヨノとの縁談がはじまったころ、自分は小さいときから上のお姉さんに可愛がられていたし、巣鴨のお兄さんは上のお姉さんの言うことならなんでも聞くと私たち夫婦の前ではっきり仰言ったんですよ。鈴村さんも忘れたとは仰言らないはずですから、鈴村さんにお出来にならないんなら、それをお兄さんにお願いするというわけにはいかないもんなんでしょうか」

「矢藤と私が半額ずつ分担すれば、ご希望どおり毎月だってそのくらいのことは出来るでしょう。ご承知のように秀夫は可哀そうな生い立ちですから、私もそうですが、矢藤も出来るかぎりのことはすると思います。そう信じていたから、秀夫も足らないときには助けてもらえると言ったんだと思いますが、それはたとえば秀夫なりチョノが病気でもして所帯の金が足りなくなったときの話で、親御さんの面倒を、それも毎月みるとは私もあのとき思いませんでしたし、秀夫もそんなことは考えていなかったと思います」

「と仰言いますと、檜山さんは親の面倒はみられない、二人は別れさせるより仕方がないというご意見ですか」

「そんなことは、申しておりませんよ。このさい三十円とか五十円とおきめになって、一度だけなら急場を救ってあげてもいい。そのくらいの額でしたら、矢藤をわずらわさないでも、私一人で出させていただきます。が、いま仰言ったように、今後もずうっと仕送りをつづけろということでしたら、お話にならないと申しているんです」

「お話にならないと仰言るのは、離縁ということでしょうか」

「岩崎さん。別れさせようとしているのは、あなたのほうでしょう。どうすれば、二人を今までどおりにしてやれるかというお考えはないんですか」

「ですから、チヨノの父親からのお願いははじめにおつたえした通りで、そうしていただければ山形でも異存はないと思います」

「そうしてくれれば異存はないけれど、してくれなければチヨノは帰さないということなんでしょう。しかし、それは出来ない相談だとこちらは申上げているわけです。……秀ちゃん、あんたはどうなんだ」

「チヨノを戻す気はなくて、ただ無理難題を持ちかけているだけだと思います」

「そんなことはない。父親の病気で、須川の家の暮しはほんとに苦しいんです。だから、むこうも必死なんです」

「だけど、大金持ちの息子は別として、僕らの年齢の月給取で、そんな額が出せないのは僕ひとりじゃないでしょう。チヨノが仮に僕以外の誰かのところへ嫁にいっていたとしても、毎月三十円ずつ仕送りをしてくれるところはないと思いますね。だから、西町の兄さんが言っているとおり、それは別れさせるための口実でしかなくて、別れさせるための無理難題だと僕は言ってるんです」

「じゃ、話はまた元へもどりますが、別れるほかはないわけですね」

岩崎が言うと、檜山は切り返した。

「別れれば、チヨノの実家は暮していけるんですか」

「鈴村さんといっしょに暮していてはできないことだけど、別れればチヨノは東京へ出て働いて、親許へ仕送りすると言っております」

「だから、秀夫にかくれてダンスを習いに行っていたんですね」

「東北の農村はどこでも苦しくて、チヨノと同年配の女の子は、たいてい芸者になるか、遊廓や私娼窟へ身売りをして親や弟妹を助けています。それにくらべればダンサーは立派な職業で、チヨノもすっかりその気になっているようです」

「もう、秀夫のところへ戻ろうという気はなくしているわけですね」

「ざっくばらんに言えば、そういうことになります」

「わかりました。それじゃ、これでもうおしまいですね。……話がこうなりゃ、もう巣鴨の意見を聞くまでもないと思うけれど、秀ちゃん自身はどうなんだい」

「出来ない条件を出されているんですから、仕方がありません」

「別れるということで、いいんだね」

「結構です」

「お聞きの通りです。これで、話はきまりましたね」

檜山は、さめてしまった酒を手酌で盃についで立てつづけに二杯のんでから、岩崎の顔をみて言った。

「それから、別れ話はそちらがお出しになったんですから、こちらとしては手切れ金というようなものは差上げません。ただし、チヨノの荷物はすっかり返すようにいたしますから、引き取りにみえるときには、今後いっさいの交渉は断つという書きものをご持参ください。念のために、それも申上げておきます」

「承知いたしました。それでは、山形のほうへはそういうふうに知らせておきます」

岩崎は言って、五分もしないうちに座を立った。

「悪い奴だな。糸は、すべてうしろであいつが引いているんだね。秀ちゃんとチヨノをめあわせたのは、巣鴨の兄貴さんから引き出せるだけのものは引き出すつもりだったのに、すっかり当てがはずれたもんで今度は秀ちゃんと別れさせて、あいつはきっとチヨノを自分の養女にするつもりなんだよ。そうすりゃ、チヨノはダンサーになって稼ぐし、子なしの自分らが年をとったとき面倒もみてもらえるっていう寸法だな」

「山形で金を欲しがっているっていうのも、こしらえごとでしょうか」

「ありゃ、ほんとだろう。しかし、三十円なんていうのは嘘で、年にすりゃ百二十円になるから、月々十円も送ってやりゃいいんじゃないのか。うちあたりへ来る小僧だって、三年の年季でせいぜい百円か百五十円だもの。年に五十円かそこらだってロべらしと両方で農家は助かるんだから、チヨノの里にしても月々十円ずつ仕送りがありゃ満足するだろうし、チヨノも岩崎の家で寝泊りしながらダンサーで稼げば、十円ぐらい送るのはなんでもないだろう」

あとに残った檜山と秀夫は、いれかえさせた熱い茶をのみながらそんな話をした。そして、秀夫はすすめられるままに、その夜は西町で泊った。独身にもどった秀夫には、帰らねばならぬ家庭がなくなっていたからである。

＊

秀夫がチヨノと結婚したとき、婚姻の成立事情からひそかに将来性を案じた矢藤謙造の考えで、チヨノは入籍されていなかった。籍は子供でも出来たときに入れればいいだろうという意見であったが、結果的にはそれが先見の明となったわけで、別れても、いわゆる後腐れがなかった。

岩崎参一から銀行へ電話がかかって、今後いっさいの交渉を断つという誓約書を持った彼の妻のあきとチヨノが連れ立って秀夫の家へ荷物を引き取りにきたのは、檜山をまじえて秀夫が岩崎とたぬきで会ってから三日ほどしか後のことではない。

チヨノは十六のときから東京に住みついて、山形の生家などはかえって旅先のようなものでしかなくなっていたから、別れ話がきまったあと岩崎からの電報一本で身軽に帰京してきたということも考えられぬではなかったが、ひょっとすると、たぬきでの会見がおこなわれていたころには、すでに東京へ戻って来ていたのかもしれない。

そして、人形町へせっせと教習を受けにかよっていたのではなかろうか。

ほんのわずかな期間でしかなかったのに、幾日ぶりかで再会した彼女は心もちやつれているようにもみえたが、化粧のせいか、以前よりもどこか大人びて垢ぬけたところがあるようにも思われた。撞球場のゲーム取りから家庭の主婦になろうとしていたときと、主婦からダンサーという玄人《くろうと》になろうとしてすでに半歩を踏み出している現在との内面の相違が、早くも表面にあらわれはじめていたのかもしれない。

（――手ばなすのは、惜しいな）

一瞬、そんな想いが秀夫の心を横切っていった。

秀夫側からは母ののぶが立ち会って、荷造りはきわめて短時間のうちに終った。あきが慾張って、あれもこれもと欲しがったのに対して、秀夫がなんでも持っていかせるようにした結果であった。

「時どき電話をかけてもいい？」

路地の奥で道幅がせまいためにオート三輪が家の前まで入らなかったので、すこしはなれた場所まではこび出した荷物がすっかり積み終るまで道路に立っていて二人きりになったとき、チヨノは小声で秀夫に言った。

「そりゃいいけど、用があるんならいま言えよ」

「田舎の家が、とっても貧乏なことはほんとなの。そりゃひどいもんなのよ。あの貧しさは、東京の人にはわからない。あたしがはじめて東京へ出てきてから今まで一度も田舎へ帰ったことがなかったのは、往復の汽車賃が惜しかったからで、そんな無駄づかいをするくらいなら、そのお金を送ってやりたいと思ったからだったの。……あんたと別れるのも、あんたといっしょにいちゃ働くことができないためだってこと、わかってね」

「ああ」

「それに、もう一つあるの」

「あんたと、もう一度だけでも寝てあげたかった」

「なんだい」

秀夫は、それには答えずに先に立って家へ戻ったが、その言葉は当分のあいだ、彼の心よりも身体のどこかにねっとり粘りついて剝がれなかった。

その夜からは、母ののぶが秀夫の家に泊ったり、孫の顔を見に矢藤のほうへ帰っていって、秀夫が銀行から帰宅するよりも以前にもどって来たりしながら食事や掃除や洗濯をしてくれるようになったが、味噌汁だけあたためればいいように翌朝の支度をしておいて矢藤のほうで泊ってくることもすくなくなかった。

そんな夜チヨノの写真を取り出すと、荷物を引き取りに来たとき彼女が路上で最後に言った言葉がかならず思い出されて、秀夫は独りで自身をよごした。

結婚以来いちども顔を合わせなかった千原和衛から久しぶりに逢おうというさそいがかかったのは上半期の賞与が出る直前であったから、六月なかばのことである。チヨノと最後に逢ってからでは、ほぼ二カ月の時が経過していた。

「君の別れた奥さんね」

公園前の一平で落ち合うと、飲めるほうではない千原は半分ほどほした猪口を卓に置いて言った。

「和泉橋のホールへ出てるってね」

秀夫には初耳であったが、千原が知った以上、神田支店で知らぬ者はなくなっているだろう。そして、それは茅場町の本店や秀夫の勤務先である巣鴨支店の同僚たちにも伝わっていて、しらないのは秀夫だけになっていたに違いなかった。

「誰にきいたんだい」

千原は、ダンスが出来なかった。

「こないだ久しぶりでユニオンへ行って、マスターに」

「そう」

「……あんたには、話したことがなかったかなあ。実は俺の叔母が、白山《はくさん》で名月っていう待合をしているんだ。……さっきは銀行の電話で言えなかったんだけど、今晩はそこへ行ってみないかと思ってさ」

それきり秀夫が黙りこんでしまったために急いで話題を変えても乗ってこないので、千原は気まずさを取りつくろおうとしてそんなことを言い出したに違いない。

「芸者買いが出来るような金なんか、俺にはないよ」

秀夫は、憮然としていた。

「そりゃ、俺だって新橋や赤坂じゃ遊べないけど、白山なんて安いもんだよ」

十一時を過ぎれば見番を通さない蔭の座敷になるので、翌朝まで芸者を抱いても勘定は十円以内で済むが、それではあまり味気ないから、それまでどこかの映画館で時間をつぶして十時ごろ行ってみよう。勘定は叔母に借りておくから、いま持っていなくても、ボーナスが入ったときに返してくれればいいと千原は言った。

「そりゃ、吉原の小店や玉の井よりは高いけど、十円ぐらいならいいだろう」

山形のチヨノの実家では、月々十円も仕送りがあれば満足するだろうと言った檜山の言葉が浮かんだが、数日中に百円以上の賞与が入ることは確実で、いまの自分は独身者なのだという考え方が秀夫に決断をあたえた。

白山の花柳界は本郷台地の下にあって、関東大震災をまぬがれたために古ぼけた待合が長方形の石を敷きつらねたほそい路地をあいだにはさんで軒をつらねていた。名月も階段の踏み板など黒光りしていたし、通された座敷も掃除だけはゆきとどいていたものの、まさに古色蒼然としていて、いかにも三流の花柳界という感じであった。

にもかかわらず、アメリカニズムは屈折したかたちでそんな世界にまで浸透していもない。

た。芸者の日本髪が、洋髪になっていただけではない。

「ダンス芸者って、知っている？」

秀夫だけが先に二階へ案内されて、叔母と階下の帳場で打ち合わせをしていた千原が後からあがって来て胡坐をかくなり言った。秀夫が首を横に振ったことは言うまでもない。

間もなくポータブルの蓄音器と電気照明器具を持って座敷へ入ってきた女中が、照明器具のコードをコンセントにつないでからレコードを廻転させると同時に室内を暗くすると、赤と青の光線が交互に明滅する中に、袖と裾の長いシースルーのぴらぴらした洋装の女が二人あらわれて、手足をくねくねさせながらへたくそな洋舞を挑発的に踊った。ダンスそのものは稚拙でも、赤と青の光線が半透明な衣裳を透して女体のプロポーションをくっきり浮かび出してみせるだけで、秀夫には十二分に刺戟的であった。そして、それが彼を驚かしたチヨノとの初夜の回想とかさなった。

「……どう？」

似たりよったりの趣向のダンスが三曲で終って室内にふたたび電燈がつけられると、千原がまぶしそうな眼をしながらたずねた。

「はじめてだから、驚いた」

「驚いただけじゃないだろう」

「だって、あれじゃ裸かも同然だものね、驚いたよ」

話し合っているところへ、いま踊ったという二人の芸者が手早く座敷着に着替えて入ってきた。その変身の素早さにも、秀夫はまた驚かされた。ダンス芸者だけに一人はエス子、一人はハム子という芸名で、秀夫の左腕に両手ですがるようにしながら身体をすり寄せて坐ったのがハム子であった。

（――アンパンみたいな顔をしている）

と、秀夫は思った。円顔で鼻の上のほうが落ち窪んでいたからだが、身体も小肥りに肥っていた。

「俺はこれで失礼するけれど、あんたは泊ってけよ。叔母にも、そう交渉してある。……奥さんもいなくなったんだから、いいんだろう」

眼くばせをされて廊下へ出て行くと、秀夫は千原に言われた。

「ねえ、よろしいんでしょう」

いつの間にか傍へ寄ってきていたハム子が手を曳いていった小間には、すでに枕を二つならべた夜具がのべられていて、枕許にはコップを蓋にしたガラス器の水差しと行燈《あんどん》風な電気スタンドが置かれてあった。

四　力関係

前に行ったとき、帳場で朝飯の給仕を受けながら、千原和衛の叔母だという小さな丸髷に結った女将からそういう遊びかたもあると教えられていたので、秀夫は八月の暑い真っ盛りにも、もういちど白山の名月へ今度は単独で行って泊らずに、時間遊びでハム子と寝ている。

動機は、二つあった。チヨノがいなくなってから、たとえて言えばさほど空腹でもないのに、なんとなく口淋しいような状態におちいっていたことと、もうひとつはしまり屋の母が家計の切り盛りをしてくれるようになってから、なにがしかの余裕が生じるようになっていた上に、まだボーナスも充分のこっていたからであった。

百円を越えるボーナスには、つかいでがある。

当時の両切煙草はいずれも十本入りで、彼のすうエアーシップは十二銭、太巻のチェリーが十銭、労働者煙草といわれながら一部の知識階級などにも特殊な人気のあったゴールデン・バットは市電の片道切符と同額の七銭で、郵便切手も封書が三銭、はがきは一銭五厘であった。物も、人間も、安い時代であった。

「百円あれば、玉の井なら五十回は遊べるんだからな」

銀行の同僚の一人は、そんな言いかたをした。

東都貯蓄銀行にかぎらず、電話交換手を置いている一部の大手をのぞいて、戦前の銀行には女子行員というものがいなかった。男ばかりだから、いきおい昼食時間の話題も、当時の言葉でいえば猥談――戦後流にいえばセックスが中心になりがちであったし、年に一度の親睦旅行も観光などは二の次で、夜の飲酒とそのあとにひかえている女遊びがなによりの楽しみになっていた。

秀夫は徴兵検査をすませた年――その直後に昭和と改元されることになった大正十五年秋の社員旅行で伊香保へ行ったとき、年長者に旅館からさそい出されて童貞ではなくなった。勾配の急な、みやげもの店などがならんでいる長い石段のつづく坂道の中途にあったカフエーの女給といっても銘酒屋の酌婦同然な女が、相手であった。秀夫がその年まで童貞だったのは、徴兵検査のとき性病を発見されると、翌年まわしとなって再検査を受けねばならなかったからに過ぎない。風俗史的にいえば、抗生物質の出現と日本の徴兵制度の廃止はすれ違っている。

年長者が交渉してくれて、二階の三畳間へ案内された。階段の踊り場と障子一枚へだてただけの、表面がすり切れた古畳の敷かれている、みすぼらしい部屋であった。

年齢は三十歳ぐらいで、白粉《おしろい》やけのした崩れた感じのその女は、しかし、見かけによらずやさしかった。芸者などは、数え年の二十四、五歳から年増とよばれた時代の三十歳である。

「可哀そうに、こんなお婆ちゃんで」

肉体を売る商売女としては、盛りを過ぎたという自覚が言わせたのだろう。

はじめてなのだと秀夫が言うと、潰し島田に結って右の小鼻の脇に黒子《ほくろ》のあるその女は、唇だけで笑って電燈を消した。暗さに慣れると、窓ガラスを透して室内にさしこんでくる月光で、ほそおもての女の顔の輪郭が蒼く浮きあがって、鬢つけ油の香がむせぶほど強く鼻を衝いた。

「あせっちゃ駄目よ。あたしにまかせるつもりでね」

痩せて骨張った身体つきなのに、むかえ入れられると軟らかくて熱いほどだった。言葉とは反対に、女のほうが秀夫に呼吸を合わせた。身体をはなすと、高い虫の音がはじめて聞えてきた。

月は無情というけれど

階下では、酔漢が歌声に合わせて食器を箸でたたいていた。

「これっきりで、もう二度と遭うこともないのに、そんなもの訊いたって仕方がないじゃないか」

名前をたずねると、起きあがって電燈をつけてから、骨のようにほそい人差指でほつれ毛をかきあげて襟を合わせた。着物の黒襟の山に白粉が附着していて、額に汗がにじんでいた。

(――胸でも悪くて、発熱しているのかもしれない)

今しがたの熱いという感触から、そう思った。

「お金は、大事にしなきゃね」

五円札をわたすと、蝦蟇口を取り出して二円の釣りをよこした。そして、自分は金のために、月がかわったら青森県の浅虫温泉へ移ることになっているのだと、秀夫の先に立って階段を降りながら言った。

（——年下の男がいたっていう俺のほんとのおふくろも、こんな女じゃなかったのか）

秀夫は、白粉を濃く塗って大きく衣紋をぬいている女の襟足を上から見おろしながら危うく涙ぐみそうになって、そんな自身に驚いた。

「浅虫は海岸の温泉場だけど、雪の降るところだって言ってたし、病身らしかったから、今ごろはもう生きていないかもしれないな」

そんなことはチヨノに話せることではなかったが、ハム子には打ち明けられた。どんな家庭に生まれて、どんな環境に育ったにせよ、ハム子には翳りや暗さがなかったからでもある。そうでなかったら、彼も告げなかったに相違ない。

「あたしたちだって、はじめてだって仰言るお客さまには自然にやさしくなるわ」

「こんなところで、童貞じゃなくなる奴もいるのか」

「そりゃ、いらっしゃるわよ」

「こっちは田舎のカフエーだったのに、生意気な奴だな」

童貞をうしなうといえば、そのほとんどは二十歳そこそこだろう。そのころの自分はやっと給仕から書記になったばかりで、経済的にとうてい待合などへ来られる身分ではなかったという思いで、秀夫はなかば本気で言ったのに、冗談だと受取ったハム子はくすっと笑った。その息が腋の下の近くにかかって、くすぐったかった。

「ありがとうございました」

時間がきて、扇風機の風を秀夫に半分もらいながら、浴衣をふたたび座敷着に着直してから、畳に指先を突いて別れの挨拶をしたハム子は、

「また、お近いうちにね」

去りぎわにもういちど廊下から振り返るようにしながらちらっと彼の顔を見て言った。

「ああ、もうすこし涼しくなったらきっと」

ボーナスは今日の勘定を済ませてもまだ残るんだからと思いながら答えたのにもかかわらず、その夜をかぎりに秀夫が白山へ足を向けなくなってしまったのは、その直後ごろから再婚の話が出はじめることになったからである。

＊

東京府庁の電気工事を請負っている麻田電気商会は、神田の東紺屋町にある。同業といってもかなり大きい店というよりは会社で、檜山捨松も麻田商会の手が不足なときなど、旅館や割烹店といったすこし大きな建物の――つまり、かなりまとまった金の入る工事の下請けをそっくりまかされることがある。錦糸町のほうに、新しく出来た映画館の配電を手つだったこともあった。

仕事を出してくれるのは、檜山の技術を高く買っている工事主任の栗坂豊之助であったが、その栗坂が西町の店へひょっこりたずねて来たのは、まだ残暑のきびしい九月に入ったばかりのことであった。事前になんの連絡もなくやって来たのは、檜山がいなければ静代でもいいというつもりだったからに違いない。

「銀行へ出ているとかいった、お宅のおかみさんの弟さんは幾つだっけ」

ひとくちに電気屋と呼ばれる仕事をしていながら扇風機の風はきらいだという栗坂は、冷した麦茶を飲みほすと、ボタンをはずしたシャツの中へ扇子の風を入れながら訊いた。

そのときにも、彼はズボンとクレープシャツにまがいもののパナマ帽という恰好であったが、大手の工事主任だというような構えたところがないので、同業者の誰からも好かれている。それに、他人の面倒もよくみる世話好きであった。麻田商会がこんにちの大をなしたのは、栗坂がいたからだと言われるほどの古参でもあった。

「二十九ですけど」

「それじゃ来年はもう三十だから、すこし違い過ぎるかな」

「嫁さんの話ですか」

「ああ。……貰うほうは若いほどいいだろうけど、二十一だってことだから、まだ出遅れてるってほどでもないんで、相手方がどう言うか、すこし心配だな」

「年はともかく、弟が再婚だってことを、先方は知ってるんでしょうね」

「そういうことは後になってからじゃまずいから、こないだ京橋の現場で君から聞いただけのことは洗いざらい話してある。それに、私ゃ仲人口ってやつがきらいだからね。あれをやると、二人の仲がいいあいだはなんてこともないんだけれど、ちょっとでもまずくなると、後でかならず問題になるんだ。だから、仲人口はいけない。私は縁談としちゃ少々ぐあいの悪いことがあっても正直にぶちまけて、それでもよきゃと言うようにしているんだ」

京橋の現場というのは、中橋広小路に出来た三階建の小さなビルディングで、七月末のことであったが、午休みのときになにかのはずみから秀夫の話が出た。

そのとき檜山は、先方が安月給取りには法外な額を月々親許へ仕送りしてくれと言うので、出来ないとことわったのがこじれたわけで、若い二人はどちらも悪いとは言えないと語った。また、持って行っていいと言ったのはたしかに檜山自身で、それを後からとやかく言おうとは思わない。が、背後についていた岩崎がチヨノといっしょに彼の女房をよこして、自分が支度してやった嫁入り道具はもちろんのこと、あとに残った秀夫が独りになっても使える鉄瓶から電気スタンドまで持ち去って行ったのには、やはり腹の虫がおさまらぬ気がすると忿懣《ふんまん》をぶちまけた。そして、それをうなずきながら聞いていた栗坂が、たまたまその直後に東京府庁へ行ったのが今度の話の端緒となった。

「ただ君のこないだの話でね、弟さんは婚礼から四、五カ月で嫁さんと別れちゃったと聞いてたもんで、年は二十四、五か、取っていても六どまりじゃないかなんて言っちゃったもんだから、それで先方が乗り気になったんだとすると、ことだと思ってさ」

「そりゃ、そうですね。そういうことはありますね」

「が、まあ、どうせここまで話しちまったんだから名前を言ってもいいと思うけれど、相手は営繕課にいる守田征太郎さんて人でね、娘さんは九段の裁縫女学校を出ているんだそうだ。私が君から聞いた弟さんの離婚のいきさつを話したら、あの人も若い時分には薄給の苦しさを嘗《な》めていたからなんだろう、そりゃ気の毒だってすっかり同情しちまってさ、そういう人のほうが、かえって思いやりがあっていいかもしれない、再婚とは言っても前の人を入籍してなかったんなら、戸籍上は初婚ていうことになるんだからかまわないって守田さんは言うんだ。……というのも、光子さんていうのがその娘さんの名前なんだけれど、その人には妹さんが一人あって、そっちも十九で、おそくも二、三年うちには嫁に出さなくちゃならない。つまり後がつかえてるもんだから、親御さんとしては上の娘さんをどこへでも早く片づけちまいたいって気持らしいんだ。……その人っていうのは、これなんだがね」

「なかなか別嬪さんじゃありませんか。それに、写真だけだけれど容子もいいし、弟なんかにゃ勿体ないくらいだわ」

檜山がわたされた写真の折畳み式になっている厚紙の表紙をひらくと、静代も背後から肩越しにのぞきこんで言った。それを聞いて、栗坂はその気になったのかもしれない。

「……じゃ、まあ、これはせっかく持って来たもんだから、弟さんにも見てもらうということにして、預けて行こうかね」

栗坂が写真を置いて帰っていってしまうと、静代はいつもより多弁になった。

「秀夫には、あんたよりあたしから話すほうがいいと思うな」

「そりゃ、お前がそう思うんなら、それでもいいけれど、栗坂さんは秀ちゃんの年を聞いてがっかりしてたじゃないか」

「でも、そのあとになってから先方の名前を言ったり、写真を置いて行ったりしたんだもの、駄目なもんなら置いていきはしなかったと思うな。それに、弟さんにも見てもらうということにして、とまで言ってたでしょ」

「そう言やあそうだけれど、秀ちゃんが気に入るかね。チヨノはどっちかって言やあ円顔で、こっちはほそおもてだぞ」

「前の話は岩崎にそそのかされたチヨノのほうから持ちかけられたんだもの、円顔だからチヨノを好きんなったっていうことじゃないでしょう」

「そうか。……しかし、秀ちゃんが気に入るとしても、なにしろ再婚なんだから、先方の父親がいくらいいと言っても、かんじんの当人はどうだかね。俺たちがいくらその気になっても、後で駄目になるような話は、はじめっから避けたほうがいいんじゃねえのか」

「……あんた、この話のどこが気に入らないの」

「そんなこたあねえさ。なにしろ俺にとっちゃ恩義のある栗坂さんからの話なんだし、この写真の娘さんもお前の言うとおり顔立ちはそんなに悪くないんだから、気に入らないってことは何ひとつねえんだけどさあ、先方からことわられるくらいなら、はじめっから秀ちゃんにゃ写真も見せずに返しちまうほうが無事でいいだろうと思うんだ」

「悪いけどさ、やっぱりなんだかおかしいわよ。さっきからあんたは、どっちかがことわることばっかり考えてるじゃないの。……そりゃ、写真は秀夫に見せずに、どうも我儘な奴でこまりますとかなんとか言って返しちまっても、栗坂さんにはわかりっこありゃしないわ。だから、栗坂さんには義理の悪い思いをしないで済むと思うんで、あんたがそうしろって言うんなら無理にとは言わないけれど、いくら籍を入れなかったって言ってもやっぱり一度ああいうことがあった後だけに、これを逃がすと秀夫にはもうなかなかこういう話は来ないと思うの」

「そりゃ、そうだ」

「あんたにしてみりゃ、あいだに栗坂さんが入ってくれているだけにいろいろ気苦労もあるとは思うけれど、どっちみちこういうことは縁のもので、はたがいくらいいと思ったって駄目になる場合もあるかわり、そのまた逆になることだってあるんだから運否天賦《うんぷ》で、ともかく写真だけは秀夫に見せましょうよ、ね」

「……うん」

「まだ気が進まないようだけれど、その場合あたしなら秀夫は勝手なことが言えると思うの。それで駄目となりゃ、あたしもあきらめがつくけど、はじめっからあんただといくら思いやりのある人でも秀夫にはやっぱり遠慮があって、すこしぐらい不満でも、ついうんて言っちまうことだってあるでしょ。そのために、チヨノのときの二の舞になったら可哀そうだもの」

「わかった、わかった」

「すいません」

「謝まることあねえさ。お前は、おふくろさんや巣鴨の姉さんにしてもそうだけれど、血もつながってないのに、ほんとに秀ちゃんを可愛がっているんだなあ。まったく感心で、俺はもうなんにも言わない。自分で、いいと思うようにしろ。まかせる」

そう言われていただけに、静代の意気込みは日ごろの彼女とすくなからず違っていた。

「親許もしっかりしているし、当人はこれなんだけど、見てごらん。……そりゃ、慾を言えばきりがないよ。けど、鼻筋は通っているし、顔立ちは悪かないだろう」

銀行のほうへ連絡しておいて、すこしは涼しくなる夜になってから写真を持って訪ねて行くと、静代は自分で表紙をひらいて秀夫に見せた。

「ほんとだねえ」

母ののぶも静代に相槌を打ったが、秀夫はむずかしい顔をしていた。

(――ハム子なんかにくらべれば、たしかに静姉《しい》ちゃんの言うとおりだ)

彼もそう思っていたが、しかし、その写真の女になんの関心もいだいていたわけではない。そして、あとになってから気づいたのだが、そのときなぜハム子を想いうかべて、チヨノのことを考えなかったのか、自分でも不思議でならなかった。

「……ねえ、どうなの。きめるのはお前自身なんだから、かまわないよ。遠慮なく言ってごらん」

静代が返答をうながすと、秀夫はもう写真も見ずに仕方なく答えた。

「痩せているから、身体が弱いんじゃないかな」

「そんなことがあるもんかね。あたしだって若い時分からずっとこのとおり痩せていて肥ったことなんざ一度もなかったけれど、風邪をひいて寝こんだおぼえもありゃしないんだもの」

脇から母が言うのを静代は制して、秀夫の次の言葉を待った。

短くない沈黙があって、柱時計の振子の音がにわかに高まったように思われた。秀夫は煙草にマッチの火を点じて、ゆっくり煙を吐き出してから言った。

「……それに、どことなく陰気だな」

「あんた、チヨノとくらべてるんだろう。チヨノはチヨノで、こっちは別人なんだから」

静代の口調が、いくぶん早口になった。

「くらべてなんかいやしない。……そんなの、静姉ちゃんの思い過ごしだよ」

(――現に、自分はハム子を想いうかべていたくらいなんだ)

言葉に出せるものなら、そう言い返したい思いであった。

「じゃ、どこがいけないの」

「いま、言ったじゃないか」

「つまり、気に入らないんだね」

「気に入らないなんて、いつ言った。……どうして、そんなに勝手にきめるんだい」

「だって、身体が弱そうだとか、陰気だなんて言ったじゃないか」

「そりゃ、遠慮するなって言うから、正直に答えたのさ」

(――照れているんだな)

静代は、思った。思い込んだと言うほうが、より正確だろう。そして、その思い込みが意外なほど事態を大きく左右した。

静代は檜山にむかって、秀夫は自分になら思ったことが遠慮なしに言えるだろうと告げたのであったし、それはそのとおりに相違なかったものの、檜山なら恐らく控えたはずのことまで静代は口に出した。しかも、そこには自分にまかせてくれと檜山に言って家を出て来た手前、なんとかその話をまとめたいための誇張までが加味されていた。

檜山もこの縁談には賛成しているし、あいだに立った栗坂は檜山にとって恩義のある人だということを、静代は実際以上に強調した。そして、秀夫にも見合い用の写真をぜひ撮るようにすすめるというよりはなかば強要して、逃げ腰になるのを無理に承知させた。彼がやむなくそれを承服したのは、チヨノといっしょになったり別れたりしたとき檜山には立ち会ってもらったばかりか、なにかと迷惑をかけたことに対するつぐないの心があったからにほかならない。静代からさらに追い討ちをかけるように、檜山も今度のことは喜んでいて、大乗り気だとまで言われては、秀夫も見合いまでつっぱねるわけにはいかなかった。栗坂が彼女の眼の前で仲人口はいけないと言ったために、静代はからめ手から秀夫を追い詰めることに終始した。

「写真を届けたって、先方が気に入らなければ、それっきりなんだからね。……あとで、無理矢理あたしが押しつけたなんて言っちゃいやだよ。こういう話はあくまで当人同士がきめることなんだから、あとは自分でよく考えてね」

静代は駒下駄を履いてからも、玄関の三和土《たたき》に立ってくどくどと言った。

秀夫はただうなずくだけで、返事をするだけの気もうしなっていた。

そして、その事情は、やむなく大急ぎで撮影した秀夫の写真を見せられた光子の場合もほぼ同様であった。

光子の父守田征太郎と栗坂豊之助の関係は、栗坂と檜山との間柄の正反対といっていい逆の立場であったし、光子には秀夫とのあいだに八歳という年齢差があった上に、その年齢としては低所得の再婚者という事情もあって拒絶の条件はそろっていた。したがって、光子としてはまったく気が進まなかったのにもかかわらず、秀夫に対する静代の及び腰な立場とは違って、彼女には封建遺制の典型といっていいような頑固者の父親がいた。光子が心ならずも見合いに応じたのは、ほとんど問答無用にもひとしい父の有無を言わさぬ高圧的な命令の結果に過ぎなかった。

「お姉さん、泣いてるわよ」

光子にくらべればはるかに性格の強い妹の啓子が訴えると、

「お父さんにはね、男は検査に合格すればどんなにいやでも軍隊へ行かなくちゃならないし、役所で辞令が出ればきらいな部署へも移らなきゃならないばかりか、上からの命令ならしたくない仕事でも毎日しているんだから、女にだけ我儘がゆるされるのはおかしいっていう考えかたがあるの。先方からことわられないかぎり、お父さんはあたしなんかがなにを言っても、この話は引っ込めないよ」

母のぎんは、あきらめ切ったような態度で答えた。

つまり、内実としては押しつけと押しつけのからみ合いであったのにもかかわらず、自分のほうはさほどでもないが、相手方は乗り気になっているという独断——言いかえれば自惚《うぬぼ》れが双方にあった。

守田征太郎と檜山捨松から、秀夫と光子の見合いをさせてもらいたいという申し出が前後して栗坂豊之助の許に寄せられたのは、九月中旬のことである。

「橋渡しをしたにはしても、私はどっちの当人も知らないまったくの第三者なんだし、そんなところへ自分みたいな爺いが出しゃばっちゃ堅苦しくなるばかりだから、話がまとまったらご祝言の席へはよろこんで出させていただくけれど、お見合いに立ち会うのはご辞退するよ」

栗坂は、檜山に言った。

「私なんざ、いないほうがいい。それまでの連絡はとるけれど、当日は君のほうと守田さんの側から誰か一人ずつ介添えに出て二人を引き合わせれば、あとは当人同士できめることなんだから、そこらへんは適当にあんばいしてもらいたいな。そのほうが、私はいいと思うね」

栗坂にしてみれば、縁談が不調に終った場合、自分が東京府庁へ出入りしづらくなることを考えねばならなかった。守田や檜山にしても、決定権は当人同士にあると口では言いながら、自身の立場をまもって巧妙に立ちまわっていた。しかも、そこには誰一人として悪人などはいなかった。それどころか、むしろ一と組の男女を結びつけることによって幸福な家庭を築かせようとしている善意の人びとですらあったのだが、人間関係のエアポケットは思いもかけぬ時に生じることがある。彼等は迂闊《うかつ》にも、かんじんの当の二人がおたがいに、相手に対してまったく好感をいだいていないということに気づいていないか、忘れるかしていた。

その結果、秀夫の側からは檜山捨松が出て、池袋二丁目にある守田征太郎の自宅で若い二人は初対面をするはこびに至った。

二百二十日を過ぎるとさすがの残暑もかなりゆるんで、黄ばんだ陽ざしもどこか秋めいてくる。秀夫は背広であったが、光子は化粧をして、錦紗《きんしゃ》の着物に丸帯を胸高にしめていた。

が、光子は終始下ばかりむいていたから、秀夫は光子の顔を見たとは言えない。光子も同様で、二人はせっかく会っていながら、皮肉なことには写真で見た相手を心のなかで想像するだけの結果に終った。にもかかわらず、二人は、秀夫の姉の静代と光子の父の征太郎の指図と命令で、会う以前からすでにもう結ばれることが決定していたようなものであった。秀夫は光子の母ぎん、妹の啓子につづいて弟の明にまで紹介された。

「お前たちの兄さんになる人だからね」

守田征太郎は、引き合わせた啓子と明にそんなことまで言った。

(——十九だとか言ってたから、チヨノと同い年だな)

啓子を紹介されたとき秀夫がそんなことを考えたのは、心の余裕からではなくて、光子に対する関心が薄かったためである。

「内気でおとなしい子でございますから、どうぞくれぐれもよろしくお願いいたします」

大通りまで送って来たぎんは、檜山と秀夫に言った。

「もうきまったみたいな言いかたですね」

「じゃ、秀ちゃんはいやなのか」

二人きりになったとき秀夫が言うと、檜山は問い返した。

「いやだなんて……」

そういうことはないのだが、いいとも思っていないという考えは口に出せなかった。

そして、十月に入るとすぐ二人は周囲のはからいで東宝劇場へ行った。帝劇、大勝館、武蔵野館ではキャサリン・ヘップバーン主演の『若草物語』、日比谷映画劇場ではジョージ・ラフト主演の『喇叭は響く』、日劇では寿々木米若の浪曲映画『佐渡情話』が上映されていたが、二人の観たのは宝塚少女歌劇の公演で、だしものは星組の『憂愁夫人』であった。

雨天で季節はずれの寒い日であったから、光子は吾妻コートに蛇の目の傘をさして爪皮のかかった吾妻下駄をはいていたし、中折帽をかぶって蝙蝠傘を持参した秀夫はマフラーをして足駄をはいていた。彼は男として特に小さいというほどではなかったが、ならんで歩いてみると、履き物がなければ自分と光子の身長があまり違わないということに気がついた。

(――それだけ、スタイルはいいほうなんだろう)

静代に光子の写真を持って来られたとき、秀夫は痩せているから身体が弱いんじゃないかなと自分が言ったことを思い出してそんなふうに考えたが、それ以外にはなんの特徴もないきわめて平凡な女に過ぎなかった。

(——俺がもらうとしたら、まあこんなところかな)

秀夫はなかば投げた思いで隣りに坐っている光子の横顔をちらっと見たが、すぐ眼をはなしてしまった。

長い休憩時間が二度あったのにもかかわらず一度も廊下へ出なかった二人は、しかし、会話らしい会話もほとんどかわさなかった。

昭和九年に開場したばかりの東宝劇場は近代化されていて、靴ならそのまま入場できたが、まだ下足をとっていた時代で草履にはきかえさせられていたから、終演になると下足札と引きかえに履き物と傘を受取らねばならなかったのに、秀夫はそれを光子にまかせて、自分は左手をふところへ入れたまま右手で煙草をふかしていた。そして、光子が彼の前に足駄をそろえると、ねぎらいの言葉もかけずにそれを履いて外へ出た。

「あんなに冷たい人じゃ、将来が思いやられるわ。あんな人、あたしいや」

帰宅すると、光子は涙をためて母と妹に訴えた。

「お前はまだ男の人を知らないからそんなことを言うんだけれど、男は台所へも入っちゃいけないって言われるくらいで、下足でもなんでも男の世話焼きをするのが女の役目なんだよ。電車へ乗っても席が一つしかあいていなければ、外へ働きに出て疲れている旦那さまに腰を掛けさせるのが女房のいたわりっていうもんで、逆に自分で女房の下足を取ってはかせたりするような男なんぞは、なんでも女房の言いなりになる二本棒って言われて、男同士のあいだじゃ軽蔑されるんだよ」

母が言うと、

「へえ、そういうもんなの。あきれた。あたしなら、お姉さんみたいなことはしないな」

啓子は、脇から言った。

「婚約中の男の中にはそんなことをする人もいるだろうが、結婚しちまったら、みんなそんなことはしなくなると思っておけば間違いないよ。釣った魚に餌をやる馬鹿はないって諺《ことわざ》があるくらいでね」

ぎんも、負けずに言い返した。

「泣きたきゃ、泣かしとくさ」

先に床へ入っていた征太郎は、ぎんからそういう報告を受けてもまったく意に介さなかった。力関係では、光子などまったく無力な存在でしかなかった。

五　新しい家具

まだそんな年でもないのに、そろそろ前頭部の頭髪が薄くなりかけている檜山捨松は、店にいるかぎりベルが鳴ると受話器を自分で取る。たいていは、自分が出なくてはならぬ用件の電話だからであった。

守田征太郎の妻ぎんから檜山捨松に電話で、次の日曜日にもういちど光子を秀夫と逢わせてもらいたいという申し入れがあったのは、二人を東宝劇場へ行かせた翌朝の八時をすこし過ぎたばかりのころのことであった。その種の内容の電話としては、ちょっとばかり常識はずれの、まだ早朝といっていい時刻であった。

「俺が出かけちまわないうちにと思ったもんで、こんな朝っぱらからですいませんとは言ってたけれど、ゆうべの今朝とは、ばかに急いでいて変だとは思わねえか」

申し入れに応じてから静かに受話器をおいた檜山は、店番をかねて店とは隣り合わせになっている座敷の上りがまちの近くにいた静代に言った。そこは夫婦と子供の居間兼寝室でもあって、住み込みの徒弟は二階で寝起きさせていた。

檜山自身は電気工事の技術者——一般的な呼称にしたがえば電気工夫で、通勤の一人と住み込みの二人の徒弟も工事に従事させているが、店ではラジオ、電熱器その他の雑多な電気器具や電球から電池に至るまでの小売もしている。そして、そうした店のあきないは静代の受持ちで、彼女は昼食の弁当を持たせた徒弟を工事現場へ、二人の子供を学校へ送り出してしまったあと、食器洗いなどをすませてから、檜山の作業服のいたんだところをつくろっていた。

下の男の子はまだ小学校の二年生であったが、上の女の子はもう五年生だから、静代も三十代のなかばに達していたし、姉の照江のように美人ではなかったかわり、そんな年齢になってもどこかに愛くるしさがある。檜山は、自分の女房が、取り澄ましているように見えるところのある照江と逆でなくてよかったと思っていた。商家の女房は、なによりもまず愛嬌がよくなくてはこまる。静代は、お世辞は言えないが、顔に愛嬌があった。それで、彼女はもっていた。とかく蔭口の多い同業者の受けも、客の評判も悪くない。

「……どうして」

静代は、顔もあげずに針を持った手を動かしていた。作業服の生地は硬くて厚いので、力を要する。一針通すごとに、右手を顔の高さにまであげていた。

「こういうことは、相手方に脈があるかどうか、おたがいに気を揉んでいるんだから、自分のほうの気持がきまり次第、ちょっとでも早く先方へ報らせるのが礼儀っていうもんじゃないのかしらねえ。縁談をまとめたいと思ったらそうするのが当り前だとあたしは思うけれど、変て、どう変なのよ。光子さんに、たとえば秘密かなんかがあって、それがばれないうちになんていうことじゃないと思うけどな」

「まさか、そんなこたあ俺だって考えちゃいねえけどさ。……お前の言うように、自分のほうの気持を相手に報らせるのはすこしでも早いほうがいいにしたって、電話の相手は秀ちゃんの姉なんだからお前でもいいことだし、どうしても俺と話したいっていうんなら、こっちがゆっくりできる夕方か夜になってからかけて来てもいいわけだろう。まして、一刻をあらそうようなことじゃないのに、俺が出かけちまわねえうちになんて、いやに急いでるから……」

「そりゃそうだけれど、やっぱり考え過ぎじゃないの。だいたい今度の話には、栗坂さんがあいだにはさまっているせいもあると思うけど、はじめっからあんたは取り越し苦労ばっかりしているわよ。……だって、そうでしょう。あんたは秀夫が年を取り過ぎているとか、再婚だからとか言って心配していたのに、先方は見合いもすれば、二人だけで東宝劇場へも行かせてるんだもの」

「なにも、秀ちゃんさえ気に入ってるんなら、俺なんぞが脇からどうこう言うこたあねえんだけれど、きのう歌劇の帰りに家へ寄ったときだって、あんまり気が進んじゃいなかったようだったぜ。だから、守田のほうもあわてはじめたんじゃねえのか」

「ああ、そのことなら心配ないわ」

静代ははじめて顔をあげて、微笑した。彼女が特に愛くるしく見えるのは、そういう瞬間のことである。

「いままで、話したことなかったかしらねえ。秀夫は、小さいときから感情を外に表わさないっていうのかしら、覇気っていうものがぜんぜんない子だったの。銀行へ入れてもらったときだってちっとも喜んだ様子を見せなかったもんだから、あのころはまだ四谷に住んでいた巣鴨の兄さんも面白くなかったらしくて、姉ちゃんやおっ母さんもずいぶんはらはらしていたくらいで、まわりの者としちゃ張り合いのない話なんだけれど、今度ばかりじゃなくて、いつでもあんなふうなのよ。チヨノのときだって、秀夫は巣鴨の兄さんよりあんたのほうが好きだもんだから自分であんたにたのみに来ておきながら、話がまとまってもそれほど嬉しそうじゃなかったでしょう。あたしだって、あのときはあんたにそりゃ肩身のせまい思いをしたわ」

「それを性懲りもなく、またぞろ心配しているんだから、お前はよくよく弟思いなんだよな。……それだけに、俺もまたよけい秀ちゃんのことは棄てちゃおけねえんだけれど、いずれにしたって先方は逢わしてくれって言ってよこしたんだし、いけなかったかもしれないけれど、こっちも逢わせますって返辞をしちまったんだから、その後のことは、そのときの様子によってまた考えるよりほかはないだろう。ここはともかく逢わせるだけ逢わせることにして、秀ちゃんには後でお前から銀行へ電話をかけておいてくれ」

言いおいて、檜山は一と足先に店員をさしむけてあったその日の工事現場へ自転車で出かけて行った。

母のぶの血を姉の照江よりなにがしか濃く受け継いで、疑うことを知らぬお人よしの静代は、檜山捨松にかけてよこした守田ぎんの電話を素直に受取って、光子が秀夫と逢うことを承諾した結果だとばかり思い込んでいた。が、そこに一点の疑念をいだいた檜山の勘はかならずしも正鵠を射ていたとは言いがたかったものの、はずれていたわけでもなかった。

光子は朝になってもまだ前夜の劇場での下足札のことにこだわっていて、妹の啓子までがそれに同調していた。

「あたしっていう者がいるために、後がつかえてるっていうだけの理由でお姉さんを無理にお嫁入りさせたって、お姉さんが我慢できなくなって家へ帰って来るようなことになったら、お母さんどうするつもりなの。……お姉さんも可哀そうだし、そんなことになりゃ、あたしだって売れ口がなくなっちまうのよ」

青山の高等女学校を、それもかなり優秀な成績でその春卒業したのにもかかわらず、そのまま家にいるようになっていた啓子は、台所で香の物の古漬をこまかくきざんでいる母の脇に家事見習いをよそおった金巾《かなきん》の純白な割烹着姿で寄り添うように立って、茶の間で新聞に眼を通している父の耳には聞えぬように小声で訴えた。

（——お姉さんときたら、意気地がないんだから）

これだけは、どうしても自分が言わねばならないと、彼女は懸命になっていた。が、究極のところで、その努力は厚い堅固な壁に衝き当った。

忠孝が至上の美徳とされていた戦前における日本の娘たち——なかんずく都会地の娘たちの家族制度に対する意識は、昭和年代に入ってからというより、関東大震災の直後あたりから徐々に変化しはじめていたが、総じて戦前の親たちはまだ明治大正期の道徳観をそのまま根強く持ちつづけていた。特に一家における家父長の支配力には、ほとんど絶対といっていいようなものがあって、子女の明暗は、頑固であるか否か、父親のきわめて個人的な気質のいかんにかかっていた。そして、守田征太郎は戦前のいわゆる小役人にしばしば見られがちだった、保守的で固陋《ころう》なタイプの典型的な人物の一人であった。自分で勝手にいったんこうときめると、それをあくまで押し通して、ゆずるということを屈辱と感じる部類の人物にほかならない。そんな表現がゆるされるとすれば、彼はかたくなな父性愛の所有者であった。別の言葉でいえば、家庭の一員としての娘の幸福は父親があたえるもので、娘自身がえらぶべきものではないというのが彼の考えかたであった。理由は、簡単明瞭である。娘は世間知らずで、自分は世の辛酸をなめてきた。だから、自分にまかせておけば間違いはない。本気で、彼はそうおもっていた。

「栗坂豊之助っていう男は、もう十年以上にもなるか、長年役所へ入っている信頼のおける人物なんだ。だいいち役所は、いいかげんな男なんぞ一人だって出入りさせていない。あの信用できる男から出た話なんだから、間違いなんかありっこない。男を見る眼なんぞありもしない光子なんかに、四の五の言わせることはないんだ」

戦前の父親には、権威に拘泥して愛情告知を恥とするところがあった。口をひらくと守田征太郎の口調が高圧的になったのも、子煩悩の裏返しに過ぎない。

「それを、お前もいい年をしながら下足札がどうのこうのなんて、どうしてそんな愚にもつかないことを取り上げるんだ。光子にしたって、もう二十一じゃないか。昔なら、とっくに子持ちになっている年だ。二人ぐらい子供がいたって、不思議はない。そんな年だっていうのに、お前にしろどっちもどっちで、ばかばかしいったらありゃしない。お前も、もっとしっかりしてくれなきゃこまる。……それが母親としてのつとめじゃないか。光子には、俺が怒っているって言っておけ」

好物のシジミの味噌汁すらまずまずしげに吸いながらぎんをたしなめた彼は、それきり固く口をつぐんでしまった。ぎんは経験で、無言が夫の至上命令であることを知りすぎるほど知っていた。

「……申訳ございません」

謝まったぎんにかぎらず、夫と子供を秤《はかり》にかけるばあい、戦前の人妻はかならず夫を立てるということのほうに重心をおいた。彼女が征太郎を役所へ送り出すとすぐ檜山捨松に電話をかけたのは、光子や啓子に勝手なことを言わせる余地をなくしてしまうための措置にほかならなかった。変だなと檜山に思わせた理由は、そんなところにあった。

が、それにしても、檜山からお前にまかすと言われたときの静代と言い、守田からもっとしっかりしてくれなきゃこまると言われたぎんの場合にしろ、夫からバトンを渡された人妻の責任感の強さにはぬきさしならぬものがある。目的のためには誇張の域など跳び越えて、大嘘をついても、羞恥心や罪悪感などはまったく感じない。女と妻との相違の一つは、そんなところにあった。

「主人《たく》はもともと饒舌《おしゃべり》な男がきらいなもので、劇場から帰って来た光子に鈴村さんがほとんどなんにも口をおききにならなかったと聞きましてね、男はそういうふうじゃなくちゃいけない、ぜひともそういう方にこそ光子をもらっていただけるように、お前も光子といっしょに先方へ伺ってお願いして来いって申しましたもんで……」

顔がそろったところで出された茶をすすると、最中《もなか》を口にしながらぎんは言った。そして、ゆっくりとした口調ながらも、よどみなく話しつづけた。

古来、呪術の神子《みこ》は女性ときまっている。そして、いわゆる神がかりの状態になって、神託を口寄せするのだが、このときぎんは光子の縁談をまとめるために檜山家を訪問していながら、不思議なことに光子の母親だという意識をほとんど欠いていて、なにがなんでもこの縁談をまとめて帰らなくては征太郎に叱られるということばかり考えていた。そのため、そのぶんだけ彼女の言葉には熱意がこめられていて、その情熱が静代を動かした。二人の対話だけがあって、自分らがまったく圏外に追いやられていることを、檜山と秀夫と光子が気づいたときには、ぎんと静代の二人だけを乗せた快速の列車か電車が、ひたすら結婚という終着駅へむかって驀進《ばくしん》していたとでも形容する以外にはなかった。

二人のあいだに、大安は幾日かというような言葉がかわされた。

「来月の八日っていうのは如何でしょう」

立っていった静代が柱にさげてある日めくりのカレンダーを一枚ずつ繰ってから振

り向いて言うと、ぎんが即座に賛成して婚礼の日取りがきまってしまうまでには、ものの一時間ともかからなかった。

世間話すらまじえる余裕をみせながら、絶対に核心からはずれることのない対話の巧みさは、みごとと言わねばならなかった。そういう二人の意気があまりにもぴったり投合していたために、脇からなにか一言でも言葉をはさめば婚約そのものに水をさす結果にもなりかねなかったので、秀夫や光子はむろん、檜山にも口出しをする余地がなかった。

「八日じゃ、あと一と月もないぞ」

それだけ言うのがやっとの思いであったが、憑かれたような状態になっていた二人の女は問題にしなかった。かさねて言えば、戦前の日本女性はたえず忍従を強いられていたから、ひとたび決定権をあたえられるとしたたかな強靭さを発揮した。檜山も、やってみせるという二人の自信の前に不可能はないと思いあきらめるより仕方がなかった。

「主人がどんなに喜びますか、ほんとに有難うございました。これをご縁に、どうかこれからは、こちらさまとも末長くおつきあいさせていただきたく存じます」

ぎんがようやく檜山に話しかけたのは、いよいよ座を立とうとする直前になってからのことであった。

＊

チヨノが去ってからまだ半年ほどしか経っていなかったので、おなじ家へ新しい嫁を迎え入れるのは、近所への手前もある。嫁自身も、いやだろう。光子が来てからというわけにはいかなかったので、のぶは夢中でさがしまわって三軒の貸家をみつけたが、急いでさがしたためにどれもあまり感心したものではなかった。

「ここじゃ、いかになんでも今の家にあんまり近すぎやしないかい」

次の土曜日に案内されて行ったとき秀夫がきめたのが、前の家とは一番地しか違わない巣鴨七丁目千八百四十四番地の現在の家であった。彼が、ここでは引越し甲斐があるまいと言うのぶの一応の反対を押しのけたのは、「だから、長屋はいやなんだよね」と前夜の自らの情事を隣家の主婦に気取られたことを訴えたチヨノの言葉と表情が記憶にきざみつけられていたからで、隣家との間隔はないも同然に接近していたにしろ、兎にも角にもその家が門構えの独立家屋には相違なかったためである。また、前の家とは至近距離にあったものの、横丁が違っていたことも選定の理由の一つになった。

「ほかの二軒はひどすぎるもん」

のぶもその言葉で、ようやく承服した。

守田家側の遠まわしな希望もあったために、チヨノの思い出になるような道具類はいっさい処分して、まったくの空身《からみ》も同然になったところで母とその家に移ったのは十月の末で、十一月に入るとすぐ秀夫が銀行へ行っていた不在中に守田家のほうから光子の嫁入り道具がはこびこまれた。そして、夕刻になってから秀夫が帰宅したときには新しい簞笥や鏡台の置き場所もきまっていて、のぶとぎんと光子の三人が彼を玄関へ出むかえた。

「あんた、お帰りなさいをしたの」

ぎんが笑顔で振り返って、背後で膝をついていた光子にたずねると、彼女はうなずいたが、かたい表情で秀夫からは視線をはずしていた。

「ほらほら」

秀夫が脱いだコートをのぶに渡すと、ぎんはなぜお前が受取らないのかと今度はす

こしこわい顔で娘をたしなめたが、

「まだ、そんなこと無理ですよねえ」

のぶは光子をかばった。

（――口うるさそうな母親だな）

秀夫は、先ざきを考えてちょっとうんざりした。が、ぎんを観察したほど、彼はこのときにも光子を注意ぶかく観察していない。それだけ、秀夫の彼女に対する関心は薄かった。そのくせ、先ざきを考えていたことは、看のがすわけにいかない。つまり、光子への関心は稀薄でも、結婚をいやがっていたわけではないということになる。

「こちらのお母さんともご相談しましてね、今日のところはひとまずこんなふうに置いてみたんですが、お気に入らないようでしたら、光子がこちらへ参りましてから、どんなふうにでもあなた方がお使いになりやすいように置き直してください。……お着替えをなさる洋服簞笥が火の気のない玄関っていうのは、これから寒い季節にむかいますだけにどうかと思いましてね、ああでもない、こうでもないってさんざ迷いましたんですけど、ほかの場所じゃどうにもおさまらなかったもんで、こうさせていただきましたんですよ」

立って案内をしてまわるほど広い家ではなかったために、ぎんは卓袱台《ちゃぶだい》の前へ坐ったままそれぞれの方向へ向きをかえながら言って、それも光子への花嫁教育の一環なのか、まるで自身の家ででもあるかのように急須の茶を湯呑についで秀夫にすすめた。そして、のぶが鮨でも天ぷらそばでも、どっちでもいいほうを取るから食べていってくれと言うのを、征太郎の夕飯の支度をしなくてはならないからと辞退して帰っていった。

「あのおっ母さんの世帯持ちがいいせいか、守田さんていう人は勤め人にしちゃかなり財産をのこしているとみえるねえ。妹さんのほうだっておっつけ嫁にやらなきゃならないのに、箪笥や鏡台も悪いものじゃないし、あの子は洋服を着ないって言ってたからお前のために持ってきたわけだけれど、洋服箪笥から茶箪笥や台所の鼠いらずまでよこして、夜具や毛布や枕カバーなんかもなかなかちゃんとしたものを持たせて来ているよ」

のぶは言って、すでにそれを収納してある押入れの襖を開けて点検していたが、秀夫は胡坐をかいた膝の上にのせた夕刊に落している眼を上げようともしなかった。

(——ぎんは、俺にチヨノを忘れさせたいんだ)

新しい家具や寝具はそのためだと思っている秀夫の心裡に、のぶはまったく気づいていない。

「何から何まで新しいものずくめだっていうのに、男の子って張り合いがないねえ」

あとは口のなかでぶつくさ言いながら、ご飯ごしらえをするために台所へ行ってしまった。

日が暮れると、市電の通り過ぎていく音がきこえてくる。そして、夜が深まると廂間《ひあわい》で蟋蟀《こおろぎ》が啼いた。

（——もう一つの新しい家具がとどくのは、八日か）

秀夫は、火をつけたエアーシップを横ぐわえにしたまま二つに折った座蒲団を胸の下にあてがって腹ばいになりながら、朝とはすっかり様子の違ってしまった室内をあらためて見まわして、そんなことを考えた。

その日家具が届くことは数日前に知らされていたが、届くまではどんな家具かわからなかったように、光子も来てみなくてはどんな女かわからないと彼が考えたのは、見合いをしてから彼女とはまだほとんど口らしい口をきいていなかったからにほかならない。はっきりしているのはその日が十一月の八日で、それまでにはもう幾日もないということだけであった。

その事情は、光子のほうでも、あまり変りがなかった。

「今からじゃもう遅すぎるけれど、お姉さんほんとに今度の結婚をやめる気はないの」

秀夫の家に荷物をはこびこんだ夜、啓子は光子と枕をならべて寝ると、天井をむいたまま姉の顔を見ずに言った。

「うん。あたしもうあきらめちゃった」

「あっさりしてるのね。……お姉さんは、自分のしあわせってものを考えてないと思うな」

「あの人を、あたしはちっとも好きになれないけれど、式をのばしたり、ことわったりしたって、あたしには好きになれる男の人なんか現われやしないと思うの。そんなら誰だっておんなじだし、来年になればあたしももう二十二だから、一つでも若いうちにお嫁に行っちまうほうがいいんじゃないかってだんだん思いはじめたの。……変な言いかただけど、あの人と、あたしの結婚とは別のものだっていうような気がしてるの」

「結婚って、そんなものかなあ」

「好き合った場合は別だろうけど、ご大家のお嬢さんだって親同士がきめる縁組みなんかみんなそんなもんじゃない」

「あたしも、今にそんな気持になるのかしら。……つまんないな」

「あんたは、いいお婿さんに当るわ。あたしは、運がなかったのよ」

そして、十一月八日が来た。

媒妁人《ばいしゃくにん》ははじめ檜山捨松に予定されていたが、花嫁の光子が東京府庁の営繕課に勤務する職員の娘で、事実上の仲人である栗坂豊之助が府庁に出入りしている電気商会の工事主任である以上、その下請けをしている配電工の商店主では、それでなくても競争のはげしい業者間の、どこでどんな疑惑をいだかれるか、あるいは中傷を受けぬともかぎったものではないという配慮から、急いで矢藤謙造夫妻に変更された。その上で、結婚式そのものは大礼会館でおこなわれたあと、披露宴は省線電車の田町駅にちかい芝浦のいけすという木造三階建の割烹店でひらかれた。

新郎側は再婚のために招待をひかえめにしたせいもあって、勤務先である東都貯蓄銀行からの出席者は前回の半数以下であったが、栗坂との関係で檜山の同業者がかなり集まったし、花嫁側も両親すら欠席したチヨノの場合とは違って多数の出席者があったので、初婚の折とは比較にならぬほど賑やかな宴席となった。

銚子を持って一人々々酌をしてまわる者もいて、「さのさ」、「都々逸」、「さんさ時雨」から、「酒は涙か溜息か」、「東京行進曲」、「影を慕いて」に至るまでの流行歌に手拍子が打たれる一座は陽気な上に陽気なものになって、席も乱れた。そして、守田征太郎も、親がわりの檜山もすっかり満足した。が、新郎新婦は、かならずしもそんな一座の雰囲気にとけ込んでいたわけではない。すくなくとも、隣り合わせに着席させられていた二人は一言も言葉をかわさなかった。

前回同様に新婚旅行の予定ははじめからなかったが、八時に散会したあと、光子が花嫁衣裳を着替えたり化粧を落したりしていたために時間がかかって、一人だけあとに残っていたのぶと三人でハイヤーに乗った新婚の二人が巣鴨七丁目の新居へ帰宅したのは九時半を過ぎていた。

あまり飲めぬ酒を無理強いされた秀夫は気持が悪くなったと言って、家に帰り着くなりモーニングの上着とチョッキを取ってネクタイをゆるめただけの姿で、茶の間へ座蒲団を縦に二枚ならべて身体を横たえてしまったので、のぶが押入れから枕と毛布を取り出して着せかけるいっぽう、光子はそのあいだに奥の六畳間へ床をのべた。それは、彼女の実家から届けられた真新しい夜具であった。

「どうせ、あたしはもうすぐ帰っちゃうんだから、ついでに自分のぶんも敷いちゃいなさい」

　のぶから言われると、光子は耳をあかくしながら、自分の床はあとでのべるからと聞き取れぬような小声で答えて、相手の視線からのがれるように姑の背後へ坐ると、その肩越しに秀夫の様子をうかがった。

「仕様がないねえ。……これでも服《の》んでごらん」

のぶは長火鉢の引き出しから清心丹を取り出すと、秀夫の背に左腕をあてがいながら上半身を起して、光子に台所で水を汲ましてきたコップを渡した。

　薬のためか、水を飲んだのがよかったのか、秀夫は間もなく気分がよくなってきた様子で、さらにのぶにうながされて縕袍《どてら》に着替えると、長火鉢のふちに肘を突きながら煙草をすってみて、もう大丈夫だと言った。

「じゃ、光子さん、後はお願いしますね」

新しい嫁に玄関まで送られて、その夜から久しぶりに五丁目の矢藤の家へ戻ることになっていたのぶは、十一時近くなってから去っていった。

「どうぞ、これからはよろしくお願いいたします」

門柱に取り附けてある潜り戸と玄関の安全錠をかけて茶の間へ戻って来た光子は、両手を突いて丁寧に挨拶をして秀夫をめんくらわせた。

それから台所へ行って湯を沸かすと、秀夫に茶をすすめておいて、先刻のべてあった床の脇に寄せて自身の夜具を敷いてから、襖の蔭にかくれて寝間着に着替えると、長火鉢の向う側に下を向いて坐った。

「今日は、朝早かったのかい」

秀夫がたずねると、下をむいたままの光子は顔を見せずにうなずいた。

「じゃ、疲れたろう。早く横になろう」

言うなり立ち上った彼は、光子の傍へ寄って右手を肩から胸のほうへまわすと、左手で彼女の顎をすくい上げるようにして自身の唇を彼女の唇にかさねた。厚化粧は、いけすで落してきたはずなのに、抱擁するとまだ白粉の香りがした。

初体験の光子は秀夫のなすがままになって、いささかの拒否もしなかったが、自分からはいかなる行動にも出なかった。なにをされてもまったく反応をしめさずに、床の中でただ材木か棒のようになっていただけであった。したがって、秀夫には一応の満足があっても、光子にはなんのよろこびもなかった。

　そして、そういう状態は、三日経っても、一週間を経てもまったく変らなかった。二人は、その点では明らかに夫婦であっても、性的にはまさに一方的でしかなかった。

（――やっぱり、家具でしかないんだ）

光子との結婚生活がはじまってから一ヵ月も経過してから、秀夫はチヨノとの初夜をまざまざと思いうかべた。チヨノは初夜から全裸の姿で床へ入って来て、秀夫を驚かした。チヨノの場合は異例中の異例であったにしろ、光子は一ヵ月が過ぎても、寝間着の上にしめている伊達巻をゆるめようとはしない。胸はほとんど扁平で、乳房にもふくらみらしいふくらみはなかった。肌だけはなめらかであったが、痩せていて魅力のない肉体であった。言葉づかいもチヨノとはちがって丁寧であったが、それがいささか他人行儀に感じられた。へだたりがあって、打ちとけたところがなかった。情事だけは毎夜のように繰り返していても、夫婦としてのたのしみは感じられなかった。

　男女の愛情は、千差万別である。

恋愛から家庭をきずいて離別する男女がいるいっぽうには、見合いで結ばれてむつまじい夫婦生活をすごす者もいるが、愛情のない夫婦生活もある。が、しかし、愛情のないことが、ただちに離婚に結びつくとばかりかぎったものでもない。そういう夫婦が、しかも無数にいることを信じないのは、未婚の男女だけである。

六　給料袋

三日間の休暇をあたえられていたので、秀夫はそのあいだに光子と連れ立って披露宴の翌日から手みやげを用意した上で、媒妁をしてもらった巣鴨五丁目の矢藤を皮切りに、下谷西町の檜山や光子の実家である池袋二丁目の守田はもちろん、栗坂豊之助の外神田の家にもたずねて一と通りの挨拶をすませた。が、それらの年長者たちが二人を見て一様に安堵したほど彼等の仲がしっくりしていなかったことは事実にしろ、たとえば光子の妹の啓子が婚前の姉から推測していたほど冷たい仲でもなかった。

「いやだったら、一日も早く帰って来ちまいなさい。お父さんやお母さんには、あたしもいっしょに謝まってあげるから」

実家へ挨拶まわりに行ったとき、母のぎんが征太郎の湯呑に茶をつごうとして、わずかながら急須の湯を卓子にこぼしてしまったのを拭き取るために台所へ布巾を取りに立った姉の袖を引いた啓子は、物蔭へ連れこむと声をひそめて言ったが、

「いいの。もういいのよ」

涙ぐんでいるのかとも見れば見られる笑顔すらうっすらと浮かべて、光子は妹の手の甲を自身の掌でつづけざまに二、三度軽くたたいた。

その結果、十日経っても、半月が過ぎても彼女が実家へ逃げ帰ろうとしなかったのは、失望するほど自身の結婚にはじめから期待や希望をいだいていなかったからに過ぎない。そして、その事情は、秀夫にとってもまったく同様であった。

だから、どうかすると、光子は自分に過ぎた、勿体ない嫁だとすら秀夫には思われることがある。

秀夫が起きれば、彼が台所の流し台の前で洗面をしているあいだに光子は床をたたむ。当然のことながら、朝夕の食事は銀行の食堂で支給される昼食などとは比較にならぬほどうまい。帰宅してから夕飯までのあいだに銭湯へ行ってくると言えば、水仕事の途中でも石鹼と剃刀と手拭をわたして玄関の三和土に駒下駄をそろえてくれる。行火《あんか》蒲団の中で身体を横にすれば、頭の下に手をあてがって持ち上げることまではな

いにしろ、押入れから枕を取り出して顔の脇に置く。実家で母が父にしていたことを見習って、それをそのまま実行していただけのことなのかもしれないが、チヨノとは違って動作はやや緩慢なものの、裁縫女学校へ行ったというだけあって縫いものも上手にできる。つくろいなどは、小まめにする。丁寧なのは言葉づかいだけではなくて、礼儀も正しい。頭脳が特別すぐれているとか、十人並み以上の美貌というような条件をつける場合を別として、どこへ出しても一応通らぬ嫁だとは思われなかった。

（——これだけの女を、いったいどういうつもりで俺なんかのところへよこす気になったんだろう）

秀夫には、守田征太郎が光子を自分のような男にめあわせようとした真意がのみこめなかった。

父無し子の秀夫は生母にすら棄てられた孤児で、背後に義兄の矢藤謙造がついてはいたものの、いわゆる苦学をして夜間の商業学校しか出ていなかった上に、妻にも逃げられた再婚者である。くわえて、俸給生活者としては薄給なほうである。勤務先も三流銀行なのに、出世の見込みはまずないとみて間違いない。そういう人間でも、場合によっては好きになる女が現われても不思議ではないが、見合い結婚の相手としては最低にちかい条件のなかから、なぜ自分などがえらばれたのか。

二つ違いの妹があって、後がつかえていたという事情もあったろう。また、守田征太郎が府庁へ出入りしている栗坂豊之助に盲目的に惚れこんでいた結果だということは、檜山捨松や守田征太郎自身の口ぶりから秀夫にもなんとなく察せられていたものの、察しがついたということは、しかし、理解や納得が得られたことを意味しない。おかしいと思えば思うほど、光子側の謎の部分がいくつか浮上してくる以上に、自身の条件の悪さにともなう劣等意識のようなものが深まるばかりであった。

(――考えないことだ)

邪念を振り払うようにしたが、不自然さをまぬがれなかった。努力をしている自身に、拘泥せずにいられなかったからである。

(――光子は、俺に満足していない。恐らく、不満ばかり持っているに違いない)

考えまいとする傍から考えて、心がしずんだ。

(――なにを、この人は考えてるんだろう)

そんな秀夫をみて、光子は光子で疑念をふかめる。そして、自分は秀夫に気に入られていないと思いこんだ。

（――自分のような者が、好かれるはずはない）

おたがいに口に出せることではないから、二人は自分で自身をいじめていた。そして、痛ましいことには、二人のいずれにとっても、それが彼等の自虐にはとどまらなくて、客観的にも事実だったということである。

優越感の所有者が饒舌だとはかぎらないが、劣等感の所持者はおおむね寡黙である。

「自分たちの部屋にばかり閉じこもってないで、すこしはこっちへ来なさい」

「もっと、はっきりものを言いなさい」

実家にいたときから陰気で、たえず母のぎんに怒られながらも妹の啓子以外とはあまり言葉をかわさなかった光子は、毎日ほとんどきまった時刻に銀行から帰宅する秀夫を玄関へ出むかえると膝をついて挨拶はするものの、笑顔をみせることはない。そのうえ秀夫が無口というのとはちょっと違っていたが、いわゆる無駄口をきかないほうなので、二人は一つ家に暮らしていながら無言でいることのほうが多かった。社会の最も小規模な共同体である家庭にあっても、個々人の意志や感情は言語によってしか伝達されないから、対話のない二人に精神的な面での交流といったものはないにひとしかった。

それでいて二人は男と女であったから、光子は食事の跡片づけをすませてから銭湯へ行ってきたあと、寝間着に着替えて床へ入ると秀夫に抱かれたが、自分の腕を秀夫の背中へまわしたことはない。しかも彼女は、そういう自身の対応の仕方が、馴染みをかさねたとか、かくべつ好色であるとかいうような、きわめて少数の特殊な例外をのぞいて、職業ゆえの義務に終始する一夜妻の芸娼妓や、もっとさがった醜業婦よりも冷たいものだということをまったく知らなかった。そして、最も厄介なのは、みされた夫婦生活ばかりが夫婦生活ではないのだから、彼等のような夫婦生活もまた夫婦生活の一形態には違いないということであった。

どちらか一方がもとめて他方がこばむというのであれば穏やかではないが、光子は拒絶しない。ただ、反応を示さぬだけである。

「……こんなこといやか」

秀夫が脚をからませたまま自身の呼吸がととのうのを俟って抱擁をゆるめながらたずねると、まばたきもせずに眼をひらいたまま下から彼の顔を見上げている光子は無言でゆっくりかぶりを左右に振る。それがいつわりでないのは、一度として眉をしかめたことがないことからも明らかであったが、女のよろこびを感じていないことにも疑いをいれる余地がなかった。

秀夫が唇をもとめても顔をそむけたことはないのだから、婚前に東宝劇場へ行って下足札の一件があったとき、帰宅してそれを母と妹に訴えながら涙をためた彼女とは微妙に相違している。見方によっては大きく変化していたわけで、いやだというのではなくなっていたが、やはり好きというところまでは達することができない。

光子が立っている心理的地点は、どうやらそのあたりに相違なかった。

「どういうんでしょうかね」

土曜日に銀行がひけてから西町の家を訪ねて、姉が客の応対をするために店へ立った隙に秀夫が光子に対する肉体的な不満をもらすと、

「さあ、もうすこし日が経てば、変ってくるんじゃないのか」

檜山は、あっさり答えた。

彼は自身の誤解に気づかずに、秀夫が光子をチヨノと比較しているのだろうと思っていた。ゆえなきことではない。チヨノのときにも、光子のときにも、檜山は仲介者として深くかかわっている。それだけに、彼には一方がなかば水商売といっても間違いではない撞球場のゲーム取りで、一方は堅い役人の娘だという予備知識にもとづく

先入観が人一倍強かった。そういう特異な立場ゆえに世間ずれのしている女と比較して、やはり素人娘だった自身の妻の静代にしろ、はじめから反応があったわけではない、ましてほんとうの女になったのは上の女の子を産んだ直後ごろからだったと、自分等夫婦の過去をかえりみていた。

人はしばしば自己の体験のなかからしか、他人の内部へは入っていかない。秀夫が檜山にではなく、たとえば矢藤なり、銀行の同僚の誰か妻帯者におなじ質問をしていたら、恐らく別の答えが返ってきていたに違いなかった。

*

十二月は、決算期である。

月のなかごろから、残業で秀夫の帰宅もおそくなりはじめた。そのうえ、年末も押し詰まると、支店長以下巣鴨支店全員の忘年会、本支店合同の忘年会、各支店に散らばっている同期生の忘年会もあった。普通ならば、どこの家庭の主婦もボーナスだけはよろこんでも、亭主の帰宅が連夜おそくなることにはいい顔をみせないものだが、鈴村家だけは、そこのところの事情が他の家庭の場合とすこし違っていた。無口な二人が浮かぬ顔を突き合わしている時間が短縮された分だけ、救われたような気分になることができたからである。

念のために言っておけば、それが新婚の翌月の様相であった。

そういう事態がもうすこし長く持続されていれば、家庭崩壊の危機にみまわれていなかったという保証はどこにもない。そして、その危機がなんの努力も要さずにするりと回避できたのは、正月が到来したという、ただそれだけのためであった。

「お元日には光子さんのお里のほうへ顔出しをしなきゃならないだろうと思うから、うちへは二日の晩に来てちょうだい」

巣鴨五丁目の照江姉から銀行への電話で告げられたのは年末の二十九日のことで、その通話がすむとすぐ追いかけるように、今度は西町の静代姉から電話があった。秀夫が得意先係で、出勤すると間もなく外まわりに出てしまうので、電話はどうしても同じような時刻にかかってくることになる。

「三が日中には、支店長や栗坂さんのところへもご年始にうかがわなくちゃならないだろうから、うちへは北品川の進吾さんも来ることになってるんで、第一日曜の夜をあけておいてよ」

今宮進吾は檜山捨松の妹いとの連れ合いで、味噌、塩、醬油のほかに罐詰などもおいて、北品川で酒屋をいとなんでいる。秀夫がいま照江姉からも電話があったと告げると、「あ、そう。今年のお正月はうちの人がむこうへ呼ばれたから、今度は巣鴨の兄さんにこっちへ来てもらう番なの」

執務中の電話なので、どちらとも要点だけを手短かに話し合って切った。

照江と静代の姉妹が相手の夫婦を自身の家へ呼び合うようになったのは静代が結婚した翌年の正月からのことで、檜山夫婦が今宮夫婦を呼ぶようになったのも檜山の妹いとが今宮へ嫁入りした翌年からのことである。

照江と静代は、そうすることによって母のぶや秀夫との交流をはかってきたのだが、年を経るにしたがって、檜山捨松が巣鴨へ呼ばれるときには静代が、矢藤謙造が西町へ呼ばれるときには照江が家に残ることがあって、かんじんの姉妹同士は電話こそ掛け合っていたものの、しだいに二年も、それ以上も直接には顔を合わさないことがあるようになっていた。そして、檜山捨松といとの兄妹にもおなじような状態が生じていた。

「兄さんなんかに会ったって、仕様がないもん」

今宮が西町への同行をすすめても、いとはそんなふうに言った。戦前の主婦は、実家関係の親戚附き合いにすら夫を表に立てて、自分はその蔭にかくれてしまった。家や子供にも縛られていた。

が、新婚早々の秀夫夫婦にはまだその種の束縛がなかったので、光子の実家の守田からはじまって、矢藤、栗坂、支店長、檜山という五軒の家を次つぎに訪問すると、あっという間に松の内が過ぎていた。結果からいえば、外部と頻繁に接触する機会のあったことが、ともすれば沈潜しがちな彼等夫婦の内向的な気質を拡散することに役立った。

「秀ちゃんは、サラリーも、ボーナスも、光子さんには袋のまま渡さないんだってね」

指定された日の都合で西町の家を訪ねたのはいちばん最後になったが、秀夫はすこし酒がまわってから隣席の檜山に耳打ちをされるような小声で言われた。聞えなかったふりをすれば、それで済んでしまうほど周囲をはばかった低い声であったが、そんな現場を檜山が知っているはずはないから、恐らく光子が実家へ行った折か、あるいは秀夫の留守中にぎんが訪ねてきたときにでも母に告げたのを、ぎんがなにかのついでに電話で静代に伝えたというようなことだったのだろう。

(――結婚したら、さぞかしうるさい姑になるだろうな)

婚約中に秀夫がぎんに対して想像していたことが、いま現実となって眼の前にあらわれている。

「巣鴨の兄さんも来ているから聞いてもらえばわかるんですけど、うちの銀行には給料袋ってものがなくて、むき出しで渡されるんです」

秀夫は、そんな不満を自分に打ち明けずに母にもらした光子と、檜山か静代に告げ口したぎんに不快さを感じた。

書記見習という名目の給仕時代からでは、新年をむかえてすでに勤続十五年目である。それに、年齢も三十歳に達していたが、彼の本給は四十六円だから薄給といわねばならない。

そのほかにも住宅手当が十円支給されているから合計では五十六円だが、そのなかから金銭を取扱う銀行員としての身元保証金を二円三十銭、月に一回催される茶話会の互信会費として四銭、親睦旅行の積立金としての風月会費を一円、慶弔のための相互扶助金に相当する茅門《ぼうもん》会費の十七銭を義務的に差引かれる。そのかわり、預金係当時には五円出ていた手当をそっくり強制的に積立てさせられていたのが、外まわりの得意先係になってからは靴や洋服の消耗費が考慮されているせいか、十円ずつ支払われるようになっていたので、差引の手取総額は六十二円四十九銭であった。

が、しかし、そこから十四円の家賃を支払うと、やはり五十円にもみたぬ少額になってしまうために、夫婦の仲でそんな見えを張る必要はなかったのにもかかわらず、秀夫は光子に内密で十一月と十二月の給料日には自身の預金通帳から五円ずつ引き出したものを上乗せして渡した。そして、そのなかからあらためて彼女の眼の前で電車賃や煙草銭をふくむ自身の小遣いとして十円受取ったから、光子の手許に家計費として残った額は四十三円四十九銭に過ぎない。

当時の物価のほんの一、二だけ例を挙げれば映画の封切館が五十銭、二番館が三十銭、新聞の月ぎめが一円、理髪店の調髪料が五十銭だから、ガス、水道のほか電気、木炭などの光熱費ほか新聞代、風呂銭までまかなうと一円のこすのが精いっぱいである。まして暮には、形ばかりにしろ正月にそなえて松飾りや賃餅やおせちの類にふだんの月より出費がかさんだので、光子は結婚した月の十一月には五円、十二月には十円を実家から補助してもらって埋め合わせをしておきながら、それを秀夫には黙っていた。つまり、十一月、十二月の二ヵ月間だけにかぎっていえば秀夫は合計十円、光子は合計十五円をそれぞれ相手には内緒で、家計に継ぎ足していたのである。

そのくせ、光子は十二月の二十日に出た月給の三十割——百三十八円という下半期の賞与には一銭も手をつけずに、そっくりそのまま預金して、将来ないし不時の出費にそなえた。

そのへんが月給取りの家庭に育った娘の娘たるゆえんで、農家に生まれたゲーム取りあがりのチヨノとはまったく相違していた点であったが、秀夫はかならずしもそれを手ばなしで喜こんでいたわけではない。だからどうしろと指示する気持もあるわけではなかったが、自身との違和を感じたことは蔽うべくもない。照江姉や静代姉のような家庭は、望めないと思われた。別の言葉でいえば、断念もしくはあきらめの上にしか、彼の家庭生活は成立または持続しそうもないと考えられた。

「俺は、サラリーマンじゃないだろう。会社や銀行から工事費を請求して受取ったことはあっても、給料なんかもらったことがなくて知らなかったんだけれど、そういうことだったら明日でも早速守田へ電話をして秀ちゃんの銀行では給料袋を使ってないことを知らせておくよ。……知らなかったばかりに、悪いことを言っちゃったな。気を悪くしないでくれよ。済まなかった」

「いいえ。なんでもありません」

答えた秀夫は笑顔すら浮かべていたが、光子とぎんに対する不快感が払拭されていたわけではなかった。

「蔭で、なんだかんだ言ってないで、僕にじかに言ってくれりゃいいんですがね」

檜山には言った秀夫も、家庭内に波瀾を起すのはいやで、自分から光子に言う気はなかった。

その夜帰宅すると彼は蒲団をかぶって寝て、光子と口をきかなかった。

（——変な人）

理由を知らぬ光子は、思った。

＊

大正の末年から昭和の初頭にかけてもまだ日本の社会は儒教思想の雲に厚く覆われていて、性という語はタブーとして隠蔽されていた。性という語や文字を耳や眼にするだけで人びとの劣情をあおるという状況が、そこにはあった。時期的にいえば関東大震災後のマルキシズムとアメリカニズムの流入に踵を接して、モボ・モガという語とそれにともなう社会風俗が出現した直後に、エロ・グロ・ナンセンスという時代風潮が主として大都市を中心に蔓延《まんえん》したのも、きびしすぎた性禁忌の反動にほかならない。銀座には、いわゆる紅い灯青い灯のネオンの光まばゆい大小のカフェーやバーが簇生《ぞくせい》して殷賑《いんしん》をきわめたり、パンティは股下三寸などというばか気《げ》たきびしい制限を受けながらもレビューが台頭してファンをひきつけるいっぽう、江東の玉の井や亀戸の魔窟には夜ごと一万五千人もの男たちが徘徊《はいかい》して、女の笑いを買う客の実数は六千名に達したと記録の一つはつたえている。永井荷風の『濹東綺譚』が発表される以前の記録だから、発表以後の数字はさらに増加したとみて間違いあるまい。毎夜六千名としても、年間では二百万を越えたわけである。それに芸娼妓をくわえた売春の実数は、東京だけにかぎっても恐るべき数字であったろう。

労働者農民にとどまらず、勤労者や一般市民の生活も貧寒をきわめていて、軍の独走から非常時が呼号され、大陸での事変という名の戦争がいよいよ拡大されるという様相が濃くなるなかで、明るい先ゆきの見通しなどどこにも見いだせなければ、人びとの関心のゆきつく先は一つしかない。薄給の上に出世の見込みもない鈴村秀夫がセックスの面にわずかばかりの興味をいだいたとしても、それを好色と解しては当を失する。

二月の中旬に、銀行の恒例になっている春の親睦旅行があった。

目的地は湯河原で、土曜日の夜一泊して日曜日の午後帰京するという予定のものであったし、秀夫が家をあけるのは結婚後はじめてのことであったから、光子は妹の啓子と弟の明に来て泊ってもらった。明は中学の二年生であったが、上に二人の姉がいる末っ子であったから、よく言えばおとなしかったし、悪く言えば意気地のないほうである。三人で食事をしたあと、その片づけもすませてから六畳の居間に床を敷いてやると九時になるかならぬうちに寝息を立てはじめたので、光子は秀夫の机の引き出しから表紙の端がすこしめくれ上っている一冊の古雑誌を取り出すと、用心ぶかく振り返ってもういちど明の寝息をうかがいながら、茶の間の炬燵《こたつ》に入っている啓子のところへ持っていった。

「……うちの人ったらね、あたしに匿れてこんなものを読んでるのよ」

光子が啓子に渡したのは、昭和六年七月に武侠社から発行された月刊雑誌「犯罪科学」の別巻「異状風俗資料研究号」というもので、恐る恐る表紙をめくると、長い髪を振り乱した全裸の女性がルイ王朝風というか、十八世紀ごろとおもわれる服装のフランス人らしい男に鞭で打たれたり、縄で後ろ手に縛りあげられたりしているような銅版画を複写した絵が幾枚もあって、それらを次つぎに見入っている啓子は緊張しきった面持ちで固唾《かたず》をのんでいた。いわゆるエロ・グロ・ナンセンスの風潮が一世を風《ふう》靡《び》した時代に氾濫《はんらん》した、猟奇趣味の雑誌の一つであった。

「凄いでしょう」

光子がかすれたような小声で言うと、

「………」

無言で啓子はうなずいたが、声も出ぬほどの興奮と驚きに打ちのめされていたからであった。

「いやだあ、こんなもの見たら、こわくて今晩ねむれないわ」

ひきつったような表情でようやく啓子が言ったのは、すこし時間が経過してからのことである。

「……怖ろしいわ。男の人って、こんなことするの？　お姉さん、こんな目に遭ってるんじゃないでしょうね」

「まさかあ」

光子は吹き出してから、読んでも伏せ字だらけでよくわからないが、こういうのは変態性慾というもので、女をいじめてよろこぶ男と、男にいじめられてよろこぶ女の二種類があるらしいと告げた。

「いじめられてよろこぶ女なんて、いるの」

「うん。そういうのはマゾヒズムで、いじめるほうがサジズムっていうらしいの」

「そんなことって、あるのかしらねえ。……あたしなんかお風呂へ入るとき自分で裸かになるだけでも恥かしくて銭湯へ行くのさえいやなのに、この絵の女の人なんか、男に裸かにされたんでしょ」

「この場合は、きっとそうだわね」

「あたしなら、それだけで息が詰って、死んじゃうかもしれない」

啓子は、顔をしかめてかたく眼をつぶった。

些少の誇張はあるかもしれないが、言われてみれば、嫁入り前のなにも知らなかった自分にしろ、恐らくこんな絵を見せられていれば、いまの啓子とまったく同じことを考えていたに相違なかっただろうと光子は思った。そして、結婚してから全裸にされたことこそなかったものの、いまでは秀夫に身体のどの部分を見られたり触れられたりしても、かくべつ羞恥心を感じなくなっていることに、彼女はそのときはじめて気づいて、そういう自身にショックといっても間違いではない驚きを感じた。そして、啓子が蒼ざめていたのとは反対に、彼女の頰は火照《ほて》っていた。

「お兄さんの留守中に、一人でこんなものを見ているなんて、お姉さんも悪い人ね」

次第に落着きを取り戻してきた啓子は言いながら、自分ももう一度ひらいて見ていた。

実際にうぶで純情な処女でも、セックスには関心ないし興味がある。戦前の娘たちは、それを抑圧されていたに過ぎない。光子は、最初それを秀夫が銀行へ行っている不在中に発見した。そして、啓子に指摘されたように一人でこっそり幾度か取り出して見ていて、その夜妹にも見せたのであった。

社員旅行はもともと親睦が目的だから、誰も早寝をする者はいない。床へ入ってからも腹ばいになって話し合うから、いきおい寝不足をする。

翌日の午後、睡眠不足のために秀夫がすこしやつれて帰宅したときには、すでに啓子と明は池袋の家へ帰ってしまっていたので、その夜は早めに床へ入って銭湯から戻ってきたばかりのまだ温かさがのこっている光子の身体を抱くと、きわめてかすかでどこがどうと言いあらわすことはできなかったものの、いつもとは微妙にことなる反応を感じた。が、たとえ微妙にしろ一夜でそれほど変化があるとは考えられなかったので、彼は結婚以来はじめて家をあけたために新鮮さを感じたのだろうと、それを自身の内面のせいにしてしまった。そこにもまた、小さな誤解があった。

七　二銭のために

家族の一員が徐々に体調を崩しているような場合、おなじ家で暮している家人は、案外その状態に気がつかない。気づくのは、主として高熱を発したとか、激痛にみまわれるというように、ある程度以上の明瞭な変調が急速に表面へあらわれた時だけにかぎられる。風邪や腹痛は周囲にすぐわかっても、癌などの発見が手おくれになるのはそのためである。

秀夫は社員旅行にいって湯河原から帰宅した夜、光子の反応に微妙な変化を実感したのにもかかわらず、それを一夜家をあけた自身のせいだとばかり考えてしまったために、気づかなかったのと同じ結果に終った。逆にいえば、一夜しか家をあけなかったからであったし、反応がそれほど微妙だったためもあるが、はっきり意識していたとしても、それが直ちに愛情に結びついたかどうか。

性の和合と愛情とは、かならずしも同時進行の形態をとるとはかぎらない。愛情があっても性がみたされぬ場合もあれば、その反対の場合もある。二人の人間が性だけで結ばれて充足できるなら、動物園の檻の中でも暮せる。

銀行の勤務が終了すると秀夫は一路帰宅するので、もし誰か注意ぶかく見ている者があったとすれば仲のいい夫婦と見えたに相違あるまいが、二人のあいだには相も変らず会話らしい会話がかわされることはなかった。得意先係の秀夫は預金者の家庭へ毎日戸別訪問しているから、銀行の窓口に坐って事務的な応対をしている他の行員たちにくらべれば、はるかに立ち入った会話をする機会が多い。それなりに世間話や雑談もかわしているものの、職務上のやむを得ざる会話のために、家庭へもどってもそれを光子に伝える気にはならない。光子は光子で近所の主婦と路上で立ち話をするのが好きではないし、買い物に出るときのほかは家にとじこもっているので、話題がない。そのくせ、二人はラジオを聴こうともしなかった。

「あ、あ、あっ」

その裏にチヨノの写真がしのばせてある額のかかっている茶の間で、秀夫が坐ったまま両腕をまっすぐ差し上げながら口をあけて大アクビをすると、光子は軽くむすんだ右手のコブシで唇の上あたりをたたきながら、声を出さずに小さなアクビをする。そして、秀夫と自身の夜具をのべるために奥の六畳間へ立っていく。

来る日も来る日も、まったく同じとは言えぬまでも、似たりよったりの繰り返しである。

充実した日々の足取りはそれなりの手応えを当人たちに感じさせるが、空疎で単調な日々の経過は実感をもたらさずに漠々と流れ去る。そして、その潮流の早さには、後日になってから気づかされて驚く。

「……どう、まだ出来ないの」

結婚後半年あまりの時間が経過したとき、光子は実家へ行って母のぎんからたずねられても、一瞬なんの意味か解しかねて、それが子供のことだと気づくと顔をあからめながら首を横に振った。そして、ほとんど反射的に、もしもそんなことになっても、一応は出産の費用に事欠かぬだけの預金は出来ていると思った。未婚の女は夢みがちだが、結婚生活に入るとたちまち現実主義者になる。

秀夫も、チヨノといっしょだったころとは比較にならぬほど預金額がふえていることは充分承知していた。が、それは昇給して収入が増したからではない。それどころか、銀行は年内発表をメドに東京市内に一店、関西方面に一店支店を増設したいという名目で、行員の昇給をおさえていた。したがって、鈴村家の預金がふえたのは、それだけ家計がひきしめられたせいであったし、ひきしめただけ生活にうるおいがなくなったことは否めなかった。

チヨノと暮していたころにしろ多少の備蓄はあったものの、贅沢ができるような身分ではなかったから、旅行ひとつしたわけではない。たまに映画をみて、その帰りに蕎麦屋などへ入って鴨なんばんや開花丼を食べたり、月に一、二度炊事を休ませてすしやおでんなどを食べにいった程度だが、光子は秀夫がそういう場所へさそってもめったに応じようとはしない。役人の家庭に育って、健全な家庭の主婦は店屋ものなど食べるべきではないと教えられていたからでもある。

(──そうじゃないんだがなあ)

秀夫は茅場町の本店で給仕をしながら夜学へかよっていたころ、学校の帰りに腹をすかして屋台店ののれんに首をつっこみながら頰張ったヤキトリや、むせるほど胡椒をふりかけてすすりこんだラーメンがどれほどうまく感じられたか、すこし大袈裟にいえば、生きているという実感が味わえたことを、光子に正確に伝えられないもどかしさを感じる。自分にしても、開花丼やすしを最高の料理だなどと考えているわけではけっしてない。ただ、勤労によって獲た報酬で、収入に応じたささやかなよろこびを味わいたいと思っているだけのことでしかなかったが、それが光子にはまったく通じない。そして、そういう彼女の考え方も、時代背景と無関係ではなかった。

昭和史関係の書物の一冊をひらくと、十年一月に発表された国勢調査の結果として、内地人口六九二五万四一四八人、外地人口二八四四万三四〇七人という数字がしめされている。

この内地人口およそ七に対する外地人口三という驚異的な比率は、当時の日本の軍国主義的な外地侵略のありさまをまざまざと見せつけているものに相違あるまい。が、その内実としては、軍人、軍属ばかりではなく、就職口や開拓地をもとめた多くの勤労者農民がふくまれていることを考えれば、いかに内地の生活が行き詰っていたかという一面をも端的にものがたっているといわねばならないだろう。

なにか不測の事態が生じて銀行を解雇されるようなことがあれば、自分等も満洲あたりへ行かねばならぬかもしれない。そんな場合、いくばくかのたくわえがあれば、次の就職口がみつかるまでの時間がささえられて、内地に踏みとどまれる可能性もある。光子が秀夫のささやかな浪費をくいとめるいっぽう、可能なかぎり家計費を切り詰めて貯蓄にはげんだのも遠くそんな目的につながっていたが、新婚生活に入った年の年末に、秀夫が本俸の三ヵ月分に相当する百三十八円という下半期の賞与の全額をそっくりそのまま自宅へ持ち帰って光子に手渡したのは、チヨノと暮していたころの惰性で、いってみれば新妻に対する虚栄心のあらわれにほかならなかった。そのうちの一割――十三円八十銭は銀行に強制積立をさせられて、彼自身の実際の手取額は百二十四円二十銭でしかなかったために、差引かれた不足額は結婚前から通帳がつくってあった自身名義の当座預金からおろして補充したというのが実情であった。そして、結婚した翌年――昭和十年六月に上半期の賞与が出た折にも、彼は同様の手段を講じた。

　が、半期ごとにそんなことを繰り返していれば、彼がせっかくプールしていた当座預金はいくばくもなく底をつく。かと言って、強制積立の差引額に対する補充を打ち切ろうとすれば、当座預金というかたちの隠し金を持っていることが光子に露見してしまうばかりではない。彼には、そのほかにも虚勢を張ってみせたかった相手のチヨノにすら打ち明けていなかった資産がかなりあって、その全容を光子に知られるきっかけともなりかねない。書記見習から書記に昇進したのを機会に、現金を取扱う銀行員としての身元保証金として銀行から積立を義務づけられて、有価証券にかえられていた第一銀行の株券七株は時価にして五百円ぐらいに相当していたし、現在の借家の敷金としては家主に六十円入れてあった上に、勧業銀行債権の十円券を三枚、銀行の金庫に保管してもらってある。それに鈴村光子名義で東都貯蓄銀行巣鴨支店へ預金した賞与二期分を合わせると、総計は当座預金を別にしても八百六十円を超えた。四十六円の本俸でいえば十八ヵ月――一年半以上の額で、借家ではなく自分家をもつことすら不可能ではない。五百円も出せば、一戸建の家屋が購入できた時代であった。

「チヨノみたいに親が困っている家の娘じゃないだけに、そんなことは黙っていないで、いっそざっくばらんに話しちまったら、光ちゃんだってきっと納得すると思うな」

実状を打ち明けると、檜山捨松はむしろそれをすすめたが、秀夫がその気になったのには、自分を姉たちと分けへだてなく実の子のようにして育ててくれた母ののぶに、独身時代にもそうしていたように、半期の賞与のなかからせめて二十円ぐらい――できれば一年を通じて五十円ぐらいは贈りたいという心もふくまれていた。

「あのおふくろには、赤ん坊のころからずいぶん世話になっているんだから、今度は二十円でいい。そうしてやってくれよ」

秀夫は、まずそういう希望ないし申し入れを前面に押し立てておいて、自分にはしかじかの資産があるものの、それらはすべて銀行の営業政策上凍結同然の状態におかれていて、退職でもしないかぎり自分の自由にはならぬ金ばかりなのだということを極力強調しながら、百三十八円という賞与の中から一割の十三円八十銭を差引かれた百二十四円二十銭のうち、今度は百円だけを光子の取り分ということにさせてもらいたいと言った。

「お前がけっして無駄づかいをするような人間じゃないことはよくわかっているから、家計費や小遣を削るって言っているんじゃない。その中からお前が自分の小遣なり、家計の予備費をいくら差引いてもかまわないけど、賞与として俺からお前に渡すぶんを百円にしてくれと言ってるんだ」

「ようくわかりました。あたし名義といっても、今までの預金だって、あたしは自分のものだなどとは思っていませんでした。あたしたちのもの、この家のものだと考えていたんですから、お母さんに差上げる分は二十円じゃなくて、三十円にしてあげてください。……それから、あなたが今まであたしに渡してくださった二度分の二十七円いくらかも、三十円と計算なさって差引いていただいて結構です」

光子は、その二十七円六十銭の出どころすらまったく問いただそうとはせずに、秀夫の申し出をあっけないほど素直に受け入れた。それに対して、

「となると、今度のお前に渡すぶんは六十円にしかならないっていうことになるわけだからね」

秀夫は、いささかのやましさを感じながらも、できるだけ平気をよそおって、当然のように言った。彼のはじめの案では、百三十八円の賞与のうちから今回も一割の十三円八十銭は銀行で差引かれて、自分の手取りは百二十四円二十銭になるので、そこから光子に百円、母に二十円渡しても、これまで預金をおろして補充していた十三円八十銭という出費が助かる上に、新しく四円二十銭というものが自分のほうへ入ってくることになると計算していた。が、光子はすでに秀夫が二度も補充していた額の合計二十七円六十銭を三十円と計算して取っておけと言った。とすれば、前にあけた当座預金の穴が埋まる上に、そこからも二円四十銭というものがあまる。そして、光子

がのぶに贈るぶんを三十円にしろといった中から十円くすねることにすれば、穴埋め分を別として、十六円六十銭というものが自分のふところへ入ってくる勘定になる。（——おふくろは光子に会ったとき礼を言うだろうが、いくらもらったと金額を告げることはないだろう）

その金で、たとえばしばらく遠のいていた白山へ行こうというような具体的な考えがあったわけではなかったが、自由に使える金が出来たことが、秀夫には自分でも意外なほどよろこばしかった。実際に使う使わないにかかわらず、女房になんの気がねをすることもなく使える金があるという心のゆとりは、家庭をもったことのない者にはわからない。が、見方によれば、たかだか二十円にも充たぬ金額によって心理を左右されるようなところに、彼の生活はあったということにもなる。

そして、そういう秀夫の心裡を知るべくもなかった光子は、秀夫が自身の隠しごとを打ち明けてくれたことに感謝していた。秀夫が母に二十円贈りたいと言ったのを自分が三十円に増額したのに乗じて、秀夫が中間で十円くすねようとたくらんでいたなどとは夢にも思っていなかった。

＊

暮の賞与が出たのは十二月の二十日であったが、それから二、三日後に、秀夫にとっては思わぬ事態が生じた。

いつものように集金を終って銀行へもどると、彼は店にそなえつけの手提げ鞄から厚地の布で仕立ててあって三つに折りたためる長方形の、俗に銭袋《ぜにぶくろ》と呼ばれていた大形の財布を取り出して、十円札から一銭玉に至る大小さまざまの紙幣や銀貨や銅貨をかぞえながら、それを入金票と引き合わせてなんど算盤をよせてみても、集金額が二銭不足していた。そのため頭に血がのぼって、腋《わき》の下にはベットリ汗がにじみはじめた。ストーブがやけに暑く感じられて、頰の火照っているのが自分でもわかる。

(――こんなときは、いつもより落ち着かなくちゃいけないんだ)

自身に言いきかせながら、まず銀行を出る前に出納係から釣銭用として預かった二十円を別にしておいて、入金票を一枚ずつめくりながら算盤をよせた。そして、残りの集金額を繰り返し計算しなおしてみても、どうしても二銭足りない。

(――どこかで、二銭多く釣銭を渡してしまったのだろうか)

考えてみても、思い当りがなかった。財布から机の上へ取り出したとき椅子の下へでも落したのではないかとも考えて、周囲にそれと気づかれぬように細心の注意をはらいながら、何度それとなくのぞきこんでも二銭の不足分は出て来ない。心臓の鼓動がみだれて、ゴンゴンというような耳鳴りまでが加わった。

「鈴村君、金庫をしめるよ」

金縁の眼鏡をかけている出納係長の加沢嘉久哉からうながされたとき、秀夫はやむなく机の蔭に自身の手許をかくしながら、蝦蟇口から一銭玉をすばやく二個取り出して帳尻を合わすと現金を加沢に渡しておいて、銀行印とともに入金票を支店長に提出した。

そして、ややそそくさとした足取りで通用口を出た。

「お燗《かん》をしてくれ」

格子戸を開けると、二畳の玄関の間に片膝をついて出むかえた光子に、秀夫は電車通りの酒屋で買ってきた日本酒の二合壜を差出して言った。

「どうなさったの」

「寒いからだよ。なんでもいいから、早くしてくれ」

「そりゃ、支度はすぐしますけど、まだこんな時間ですから、それまでにお風呂へでも行っていらしたら」

柱時計をみると、五時である。

「支度なんか、どうでもいいんだ。なんでもいいから、熱くしてくれ」

「しますよ。しますけど、ほんとにどうなさったの」

「寒いからだって、言ったろう」

「ええ、そりゃ伺いましたけど、なんだか変だわ」

「変なことなんぞ、なんにもありゃしないんだ」

「寒いって、お風邪じゃないのかしら」

「風邪なんか、ひいてやしない」

「そんならいいんですけど、こんなこと今まで一度もなかったでしょ。……ですから、あたし心配で」

言いながら台所へ立っていった光子が罎から酒を移した徳利を持ってきて長火鉢の銅壺《どうこ》のなかへ入れて燗をしているあいだに、ネクタイをほどいてカフスボタンをはずしていた秀夫は、光子が彼の帰るよりも以前から炬燵蒲団のなかへ入れて暖めておいた丹前に着替えた。そして、それからは光子がなにを言っても口をきかずに、シャックリをしながら二合の酒を一人で飲みほして、早ばやと床へ入ってしまった。床へ入っても、シャックリはつづいていた。

「どうしたんだ、昨日の集金は、二銭多かったじゃないか」

翌朝、秀夫は銀行へ出勤していつものようにその日のうちに自分が歩く予定の道順にしたがって集金カードを仕分けていると、加沢嘉久哉に呼ばれて言われた。

「そんなことはないはずです。いつものように計算をしまして、誤まりがないことを確認してからお渡ししたんですから」

「それが僕の計算だと間違っているんだ。それも、足りないんなら君がポケットマネーから弁済しても済まないことじゃないんだが、お得意さまから二銭多く頂戴して来ちまったとなると、こりゃ当行の信用にかかわる問題だからね」

「そりゃそうですけれど、信じられません」

「しかしね、僕がいま計算してみたら間違っているんだ」

「お言葉を返すようですが、私は間違っていないと申上げているんです」

「それが、間違っているから困るんだよ」

「でも、昨日は計算が合っていたんです」

「ま、そこまで言い通すんなら、僕ももういちど計算しなおすけれど、君も算盤をおいてごらん。……もういちど言うけれどね、計算は間違っていないのに、金額のほうが二銭多いんだ。だから入金票と集金額を突き合わせて、君が間違っていたら店長にお詫びした上で、昨日君がまわったお得意さまをもういちど全部おたずねして、何処のお宅でいただき過ぎになったかを、きちんと突き止めてくれなきゃ困るよ」

首をかしげながら、しぶしぶ席へ戻って計算しなおしてみると、いったいどうしたことなのか、前日あれほど繰り返し計算しなおして自身の蝦蟇口から二銭追加したのが誤まっていて、加沢の言うように計算自体は合っていたのである。だが、不足と信じて自身のポケットマネーを追加したということは、銀行員として口が裂けても言ってはならぬ言葉とされている。

秀夫としては、最早ひたすら謝まる以外にいかなる途もなかった。

「申訳ございません。仰言られたとおり私の間違いで、二銭の集金増でございました。したがって、どこのお宅で誤まりをおかしたか、責任をもって調査に全力をつくしますが、今日は今日で廻らなくてはならないところがございまして、今日中に全部は廻りきれないと存じますから、できれば明日中、おそくも明後日中には昨日あるいたお得意さまを残らずおたずねして、なんとしても突き止めることにいたします」

出納係長の次に支店長にも謝罪してからその日の集金に出たが、誤まりとわかってみればもう原因ははっきりしている。どこから余分に受取って来たわけでもなく、自身の計算ミスから二銭追加したことが自分ではわかり過ぎるほどわかっているだけに、一軒々々聞き歩くのはいかにもばかげていてむなしかった。

嘘でも、そういえばお釣りがすくなかったようだったと言ってくれるところがあればかえってしあわせなほどであったが、庶民はいじらしいほど正直で、そんなことを言う家は一軒もなかった。そして、一軒でも訪問をおこたれば、いつどんなことでなにか問題が生じないともかぎったものではなかったから、わずか二銭のために十二軒の家々を残らず訪ね終るまでにはけっきょく三日間を要した。そして、残ったのは疲労とやりきれなさだけであった。

「……そう。ご苦労だったね」

訪問完了の報告をすると、支店長はそれ以上なにも言わなかったが、二銭が五円でも十円でも間違いは間違いで、金額の多寡にはよらない。

（――これで、来期の賞与はまちがいなく減額されるだろう）

秀夫は、力なく思った。金銭――特に取引きに関するかぎり、銀行というところがそういうところであることは、他の行員のこれまでの例で、彼にはよくわかっていた。

「ま、新規契約をふやして業績をあげれば取り戻せないことじゃないんだから、年がかわったら、春から頑張ることだよ」

巣鴨支店だけの忘年会のとき、秀夫が銚子を持って酌にまわると、預金係長の堀越俊清に小声でなぐさめられた。堀越は秀夫の義兄の矢藤謙造と同期の入行で、学歴の相違はあったものの、いまではその地位をはるかに引き離されてしまっていた。

年内発表をメドに計画されていた東京市内に一店、関西方面に一店という支店増設案は東京市内の分が立ちおくれたいっぽう、関西支店は京都市七条に新春三月一日を期して営業を開始することが本ぎまりとなって、その支店長が矢藤謙造に決定していた。帰京して本社へ戻れば重役まちがいなしという、もっぱらの評判であった。

八　年中行事

秀夫は集金の計算に際して自身がおかした過失を光子に打ち明けるべきか否か、一応は迷った。

それを話しておかないと、六月の賞与が減額されたとき説明がつかぬことにもなりかねないと思ったが、関西と東京に一店ずつ支店が開設されるまでという名目でこのところ二年ほどおさえられていた昇給も、京都支店の開業が本ぎまりとなった以上、こんどこそ実現の可能性がある。確実とみて、まず間違いない。とすれば、本俸に対する倍率によって算定される賞与も自然増となるので、罰則によるなにがしかの減額は覚悟しておかねばならぬものの、結果的に手取りはこれまでとほぼ同額か、場合によっては多額にならぬともかぎったものではない。それなら、

（——上らなければ、それはその時のことで、なにもわざわざ自分の恥をさらすまでのこともあるまい）

そう思って、沈黙を押し通してしまった。

もうすこし二人がとけ合っていれば秀夫もそんな考え方はしなかっただろうし、そんなことをしなければ幾分かでもとけ合っていただろうという両面があったが、原因と結果は二人のばあい常に悪いほうにしかかたむかない。そこには、悪循環しかなかった。どちらが悪いかと問われても、答えは出ない。両方に、それぞれ罪があった。無口が、自分で相手から遠のき、知らぬ間に相手を自身から遠ざからせる結果をまねいていた。

彼等の結婚挙式は昭和九年の十一月八日であったから、昭和十年の年末までには一年余の時日が経過していたが、光子には秀夫がどんな男なのか今もってわかっていない。つまらない人だという以外にはどんな印象も受けていなかったが、なにを考えているのか見当もつかぬことが多すぎる。

勤務が終ると勤め先からまっすぐ帰宅するところは実家の父とおなじであったが、帰宅後の父は家族との団欒《だんらん》をたのしんだ。役所での出来事や同僚の噂、新聞記事などについても意見や感想をのべて、母や自分等を笑わせた。血圧が高いので怒りっぽかったが、子煩悩であった。話し好きで、秀夫のように帰宅してから何時間でも黙っているというようなことはなかった。

秀夫は、いったいなにを考えているのか。自分といっしょにいるのがつまらなければ、銀行の帰りにどこかで遊んで来るだろうし、日曜や祭日にも自分を置いて一人でどこかへ出かけてしまいそうなものだが、そんなことすらない。どこへも出かけずに、黙って家にいる。同僚の家を訪ねるとか、自宅へまねく気持もまったくない。

「商売で毎日いやっていうほど歩いているんだもの」

光子は散歩でもして来たらどうかと一度すすめたことがあったが、秀夫はそんなふうに答えた。言われてみればその通りなので、無口な光子はそれ以上なにも言えなくなった。自分は無口だし、外へ出ないので話題がないから、そちらがなにか話しかけてくれと言えば、商売で毎日うんざりするほど喋っていると言われそうである。が、得意先係の前任者であった大谷伝吉が、家庭で秀夫とおなじ態度をとっていたとは考えられない。

(――チヨノさんといっしょだったころには、どうだったのかしら)

疑問に思っても、光子としてはそれを秀夫の母や姉夫婦の誰に問うわけにもいかなかった。たずねれば秀夫に対する不満を打ち明けることになるし、悪くすれば嫉妬と受取られかねなかったからである。

突然二合壜を買ってきて一人で飲んだ原因についても、光子にはそれが誰か自分の知らぬ異性とのいざこざなどではなくて、なにか銀行で面白くないことが生じたのだろうというところまでは帰宅した時刻からも推測できたが、それ以上のことはわからなかった。光子にかぎらず、そういう人妻の数もすくなくはあるまいが、それを一歩ふみこんで問いただしたり、わからぬままに慰めたりしようというふうには心が動いていかないところに、冷たいとは言わぬまでも、彼女の温かさに欠けている部分があった。

が、彼女一人を責めることは妥当を欠く。夫婦とは、一と組の男女がいてはじめて成立する相対的な人間関係である。それを秀夫がよろこんでいたと言えばむろん言い過ぎになるが、かくべつ不快にも思っていなかったのは、あまり自身の内部へ立ち入られることを彼が好んでいなかったせいである。

東都貯蓄銀行には忘年会があっても、新年会という仕来りはない。銀行は他の業種と違って十二月三十一日の大晦日も営業して、地方出身者は正月三が日のあいだに帰省するためであった。東京生まれであったり、親が東京へ移住して来ている者は、そのぶんだけゆったりできた。

静代が檜山捨松にとついでから姉の照江と打ち合わせて親族間の新年会というかたちの交流をはじめるようになったのも、そんな矢藤謙造の都合に合わせたのがはじまりであった。言わず語らずのうちに矢藤夫妻を中心に据えて発足したのであったが、戦前の主婦は家や子をまもらねばならなかったために照江も静代も招かれる側に立ったときには次第に欠席しがちになって、いつの間にか最初の意図とは違ったものになってしまっていた。そこへ檜山の妹いとの連れ合いである今宮進吾が加わるようになって、顔ぶれだけではなく、雰囲気も微妙に変った。矢藤家が会場の場合はのぶと照江が、檜山家が会場の場合は静代が料理をはこんだり酒の酌をしたし、秀夫だけはそれらの手つだいをさせる目的もあって定刻よりいささか早めに光子を同伴していったが、男性中心の状態になっていたことは否めない。しかも昭和十一年の正月には、さらにその男性のなかから初代の京都支店長に任命されて開店準備に忙殺されている矢藤謙造が欠けることになったので、様相はさらに一変した。現象的には、矢藤から檜山へと中心が移行した。

「ねえ、進《しん》さん。……光ちゃんも秀ちゃんと所帯を持ってもう二度目のお正月なんだし、今年は五丁目が駄目なんだから、今度は秀ちゃんのところで飲み直そうよ、いいだろう」

五日の日曜日に西町へ集まって宴がようやく盛り上ったころ、すっかりご機嫌になった檜山が提案すると今宮もすぐ賛成して、日取りも次の日曜日の十二日とその場できまってしまった。矢藤が出席していれば檜山もそんな提案は持ち出さなかっただろうし、今宮にも多少の遠慮はあったかもしれない。商人の彼等にはホワイトカラーの矢藤に対して多少臆するところがあって、その発意にはどこか鬼のいぬ間の洗濯というおもむきがあった。さらに、檜山にしてみれば、秀夫の結婚に対して矢藤は二度とも全面的には助力をしなかったという不満がくすぶっていて、自身と秀夫との親しさを誇示したいという対抗意識に類する気持もあった。

「心配することはないよ。秀ちゃんの月給がすくないことはわかっているんだもの、足し前は俺がするよ」

当惑げな光子の顔を見て檜山が言うと、

「どうせ店のもので、罐詰か壜詰しかありゃしないけれど、私もなにか見つくろって持って行くからさ」

今宮も脇から言葉を添えた。

「……そんなことじゃないんです」

光子はうつむいて言ったが、かぼそい声であったために隣席にいた秀夫にすら聞き取れなかった。

（――食器だって、満足にはありゃしないのに）

自分の都合を考えてくれない秀夫の思いやりのなさをうらんだ光子は、東宝劇場で彼に傘や下足まで取らされたときのことを思い出していた。

「進さんに今日いただいたお酒がまだ一本手つかずで残っているから、それも十二日にはうちのお父ちゃんに持って行かせるわよ」

静代にも、光子は言われた。誰に言葉をかけられても、彼女はただ頭をさげているばかりであったが、

「困りますよ、あたし……」

もうすこし後へ残ると言う今宮を置いて、秀夫と二人で一と足先に外へ出ると、口

のへんをショールでかくした光子は今にも泣き出しそうな顔で言ったのに、秀夫は取り合わなかった。西町は西町、自分の家は自分の家で、分に応じてできるかぎりのことをすればいいのだから、無理をすることなどはないと割り切っていたからである。

「西町や北品川からいろいろ持って来てくださるにしろ、こちらはこちらで用意をしなけりゃなりませんし、そうなればあんまり貧弱なこともできませんから、どういうふうにすればいいのか、池袋の母や西町のお姉さんにもお聞きしなきゃいけないでしょう」

「聞くって、今更なにをあらためてたずねるんだい」

「…………」

「池袋の様子なら、それこそ生まれたときから知っているわけだし、五丁目や西町のやり方は去年もみてわかっているだろう。あんな真似は俺たちの所帯じゃできっこないんだから、こっちはこっちなりに精いっぱいのことをすりゃ、それでいいじゃないか」

上野広小路より二た停留所厩橋《うまやばし》寄りの西町から大塚行の市電へ乗ってからも一人で気を揉んでいる光子に、秀夫は少々うんざりしながら投げやりに答えた。言葉はともかく、口調から、それが光子に通じないはずはなかった。そのために、二人の話はまた例によってそこでとぎれてしまった。

十時を過ぎていたから時刻も時刻であったが、その沿線には湯島の切通し、富坂のあたりと暗い町が多い。

車庫前の大塚通り宮下停留所で下車すると、その前々夜あたりからめっきり加わりはじめていた寒気が身にしみるままに、深田葬儀店と二見自動車商会のあいだにあるほそい道路からさらに路地へ左折するまで無言で歩いて、家に着いてからも沈黙がづいた。秀夫が行火蒲団の端をめくって出がけに灰をかぶせていった炭団《たどん》を掘り起してから炭をつぎ足しているあいだに、光子は長火鉢の銅壺から柄杓で汲んだ湯を瑯瑯《ほうろう》びきの薬罐《やかん》に移して台所のガスでわかし直してきて茶をいれる。分担の呼吸はぴったり合っているのだが、いったん沈黙の状態に入ってしまうと、日ごろから口数のすくない二人には、もはや切り出すべき話題がない。東京の各新聞は前年――昭和十年の七月七日から日曜夕刊を廃止していたので、読むべき新聞もなかった。

「……もう一杯召し上りますか」

そうしているあいだに、長火鉢の炭火も火勢を増して鉄瓶の湯がたぎりはじめてい

たので、光子は急須に手をのばしたが、

「いや、もういい」

炬燵で身体が温まった秀夫は、よそゆきの和服を丹前に着替えるために立ち上った。それをしおに、光子も六畳間へ行って床をのべる。そして、その床に秀夫が身体を横たえると、火の番が拍子木を打ちながら通り過ぎて行く音がきこえた。

が、光子にはまだ跡片付けの仕事がのこっている。もっとも跡片付けとはいっても、秀夫の脱ぎ棄てた和服を衣紋竹に吊してから、いったん掘り起した炬燵と長火鉢の火をふたたびいけなおして急須と湯呑を台所へさげておくだけのことでしかなかったのに、なにをさせても彼女は手のろい。そのために、いったん女としての光子のほうへそそがれかけていた秀夫の関心は萎えてしまった。食慾は食物を摂取するまで持続するが、性慾はかならずしもみたされるまで持続するとはかぎらない。

(——これだから、いけねえんだよなあ)

自分が光子の身体を抱き寄せようとする積極性に欠けていることを棚にあげて、秀夫は安普請の借家の薄よごれた天井板の木目を見上げながら歎息する。

ようやく片付けを終って寝間着に着替えた光子が腕をのばして電燈のスイッチをひ

ねると、その闇の中で彼女の腕の内側の白さが残像となって網膜にまつわりついているのを意識したが、新婚初夜からそうしていたように光子はならべて敷いてある隣りの夜具の中へ入った。そして、秀夫はその光子に背をむけて掛蒲団の襟に顎をうずめた。

初夜といえば、チヨノは全裸で床へ入ってきて秀夫を驚かしたが、光子は電燈がついていることすらいやがったので、消燈して寝るのも初夜このかたのならわしになっている。それに、戦前の日本家屋にはかならず雨戸があって、それを閉めて寝たから、消燈するとほんとうに真っ暗になった。見えないのは顔ばかりではなくて、秀夫には光子の心のなかも見えない。

（——光子は、俺が隣りの床の中へ腕をさし入れるのを待っているんだろうか）

秀夫が闇の中で眼をひらいて考えていたとき、光子は瞼《まぶた》をとじながら身体をかたくしてそれを待っていた。彼女は意識せずに、女のよろこびをすでに知っていた。待つという受け身の姿勢にそれがあらわれていたわけで、明確な自覚を持っていなかっただけのことであった。

＊

年末から風邪ぎみだったために、秀夫は実質上の仲人である麻田電気商会の工事主任栗坂豊之助はおろか、池袋二丁目の光子の実家へも三が日中には年賀に行きそびれていた。そのため、栗坂のところへはやっと松の内に顔を出しておいて、池袋には先方の都合がいい日を電話でたずねると、役所では忘年会中心の銀行とは反対に、年が明けてから新年宴会に類する会合や個人訪問などがこもごもあって、十二日以外は連日先約でふさがっているということであったから、さっそく西町へその事情を話して、申訳ないが自分の家での新年会を前日の十一日に繰り上げてもらえないだろうかと言うと、十一日の土曜日は先約があるからということで、十三日の月曜日ということになった。

そして、十二日には夕刻の五時を過ぎてから身支度をしていると屋根やナマコ塀を打つ霰《あられ》の音がきこえはじめたが、五分ほどでやんだので秀夫と光子は六時すこし過ぎに池袋へ着いた。

「新年宴会っていう年中行事ね、なくなればなくなるで淋しい思いをすることもあるんだろうが、毎日役所で顔を合わせている連中と、何人かは顔ぶれが変るものの、中には二回も三回もつづいて会う相手があるんで、あんまり感心したもんじゃないっていう気にもさせられるね。……殊にあたしなんか呑み助だからいいけれど、飲めるほうじゃないあんたなんか忘年会がつづくときはまいるだろう」

岳父の征太郎は言いながら秀夫に盃を受けさせると、

「酒はやっぱり仕事や勤めなんかに関係がなくて気のおけない相手と、静かに盃をくみかわすのが一番だな。とくに娘の婿さんとむかい合って、嫁に出した娘に酌をしてもらうなんていうのは、なんともいえないたのしみだな。最高のよろこびかもしれない」

「古女房なんか、問題じゃないって仰言りたいんでしょう」

ぎんが言うと、

「ああ、問題じゃない。……秀夫君にも娘が出来たら今にわかる時が来ると思うけれど、この世の中で娘くらい可愛いものはないんだよ」

「おやおや」

光子と啓子のあいだにはさまれて坐っていたぎんは、そう言われても悪い気はしないらしくて、唇のあたりを手の甲で覆いながら笑った。当時の日本女性の四十代は初老であったが、彼女ですら日本髪ではなく、いわゆる洋髪になっていた。

（――この夫婦には、それほど自分らの仲がうまくいっているように見えるんだろうか。夫婦はともかく、妹はどう思っているんだろう）

さぞかし光子は実家を訪ねるたびに、自分に対する不平や不満を母や妹に訴えているに違いあるまいと想像していた秀夫には、征太郎の言葉が意外というほかはなかった。すくなくとも、なにかの下心がある言い方だとは考えられなかった。

（――とすると、光子は池袋へ来ても、あまり俺のことを悪くは言っていないことになる）

そう考えて、不思議な気がした。信じられなかったと言うほうが、より適切かもしれない。

「あんたのところで人寄せをするのは初めてなんだから、あちらがおみえになるかどうかは別として、西町のお姉さんもおよびしなきゃ悪いわよ。声だけは、おかけしなさい。でも、今日ここから電話をかけると、あたしに知恵をつけられたなってわかっちゃうから、明日の朝のほうがいいわ。公衆電話で、かならず声をおかけするのよ。

わかったわね。……そいじゃ、三人のお客さまとあんた方で五人分」

秀夫が征太郎とさしつさされつしていたあいだに、光子が台所へ行って母に明日のことを相談していたに相違ない。八時をすこしまわったころ、ぎんは妹の啓子にも手つだわせて台所から座敷へはこんで来た皿や小鉢から箸置き、徳利の袴に至るまで一つ一つのあいだに布をはさんだり紙でくるんだりして紐をからげると、それらを手ぎわよく二つの風呂敷包みに仕分けて、秀夫と光子に一つずつ持たせるようにした。

「洗うときには気をつけてね、こわしちゃいやよ」

念をおしてから、ぎんはその包みを光子のほうへ差し出した。

「自慢じゃないけど、所帯を持ってからまだ湯呑ひとつこわしたことはないんだから、大丈夫よ。じゃ、お大事なものを拝借してまいります」

光子は、笑いながら深ぶかと頭をさげて受取った。そんなおどけた笑顔は、巣鴨七丁目の家では一度として見せたことのないものであった。秀夫は光子にもこんな一面があったのかと、いつもとは別人を見るような思いで見た。池袋の家を辞したのは、八時半ごろであった。

「……待って。お箸は、あるの」

ぎんは大通りのほうへむかって歩いている二人を追って来ると、息を切らしながら言った。

「お母さんも心配性ね、お箸ぐらいあるわよ。買っても、割箸なんて安いもんじゃない」

そういう光子の返答も、日ごろの彼女からは考えられぬものであった。

が、秀夫と二人きりになると、たちまちふだんの彼女に戻ってしまう。

(――相性が悪いっていうのかな、こういうの)

秀夫は考えながら、しだいに寡黙になっていく自身を感じる。彼も、征太郎の前にいたときの彼ではなくなっている。

(――これだからいけないんだ)

帰宅後も無言の状態がつづいたので、秀夫はその夜、光子の床の中へ自分のほうから入っていった。

＊

翌朝、光子は池袋の母親から言われたとおりに西町へ電話をかけたが、やはり静代は来られないということであったから、そのつもりで秀夫と二人で手分けをして買い物をしたり料理の注文をした。

支店の同僚たちのあいだで評判がいいからという理由で、秀夫が銀行の帰りに巣鴨駅前の栄屋食料品店で買ってきたのは竹串にさした焼鳥で、包みを開けるとフライビーンズとノシイカが出てきた。光子は四人前の豚カツと酢ダコを近所のキンシ食堂へ仕出しの注文に行ったあと、公設市場の魚屋へ皿を持っていって刺身を盛りつけてもらって来たが、膳にならべてみるとそれだけではいかにも淋しかったので、さらにキンシ食堂へ寄せ鍋を二人前追加注文することにした。二人前にしたのは、檜山と今宮の分のつもりであった。それで、つまみものを別にした品数は五品目になったが、七時ごろになってから檜山とともに顔をみせた今宮は味の素と牛罐とカニ罐を持参して、檜山は先夜静代が言ったとおり今宮からもらって手をつけなかったという清酒の一升壜のほかに、ご馳走を持って来るかわりだと言って一円札を三枚包んだ紙包みをよこしたために、その日の鈴村家の出費はほぼゼロということになってしまった。

(——助かった)

料理の質と量に肩身のせまい思いをしていた光子は、早速台所でカニ罐を開けて食膳に追加した。

「寒いときは、鍋ものが一番なんだよな」

「まったく」

長火鉢の両側に坐った檜山と今宮は、秀夫が光子に主張した豚カツには見向きもしなかった。

(――寄せ鍋を注文しておいてよかった)

光子は、ほっとした。

「さあ、ひとつお自慢を出すかな」

ようやく酔いがまわりはじめると、檜山は自分で手拍子を取りながら佐渡おけさを歌った。

「ようよう、もうひとつ」

うながされると、瞼を閉じて首を振り振り磯節を出した。

今宮は「赤城の子守唄」と「国境の町」を歌った。

戦争の不拡大がとなえられながら、満洲では戦線がひろがる一方で、日華戦争は必至の様相を呈しつつあった。二・二六事件における陸軍将校の蹶起《けっき》をうながした原因のひとつは、多分に疑わしいものがあるにしろ、東北地方農村部の困窮に対する憤りに発していたともいわれている。満洲を王道楽土にすると言いながら、日本国民の生活は貧しかった。焼鳥、豚カツ、酢ダコ、刺身、寄せ鍋と、その正月で数え年三十一歳に達していた銀行員鈴村秀夫の家の客をむかえて食卓にならべられた料理は、すべて三流四流と言わねばならぬような品ばかりであった。

秀夫も手拍子は打ったが、西町の家におなじ顔ぶれで集まったときにくらべて、どことなく盛り上りに欠けたのは、やはり料理の貧弱さと接待役の静代と光子の違いであった。せめて座の取り持ちだけでももうすこし陽気なら気勢もあがったはずだが、それは無理な注文というものであった。

「そうそう、あなたは忘れっぽいから、これだけはおぼえていて頂戴よって、いとから言われていたのに、やっぱり危うく忘れて帰るところだった」

そろそろ腰をあげかける時分になって、今宮が首から紐で吊していた財布を着物のふところから取り出して膳の上に載せたのは、二枚の大判の切符のようなものであった。

「これ、新川の酒問屋がよこした成田山参詣の招待券なんだけどね、京成電車の往復切符に弁当と酒もついているから、兄さんと秀ちゃんに上げてくれって、いとに言われてきたんだ。十九日なんだがね」

「そりゃ有難い」

檜山が手を出そうとしたとき、秀夫がめずらしいことを言った。

「……ねえ、兄さん。われわれ男たちは、行こうと思えばいつでも行けるでしょう。僕のほうは光子を行かせますから、お宅でも静姉ちゃんに行かせてあげてください」

秀夫にしてみれば、前日池袋へ行ったとき、ぎんから今日の集まりに静代を呼べと光子が言われていたことをおぼえていた上に、今日もらった三円の返礼という意味もあったのだが、その提案は檜山と今宮にもすぐ賛成された。

「そうだ、そうだ、それがいい」

檜山が言うと、

「そのほうが、いともかえって喜ぶだろう。……光ちゃん、行くよね」

今宮も言った。

「秀ちゃんも、これで思ったよりいい旦那さんだね、光ちゃん」

檜山が顔を見ると、光子は耳を赤くしてうつむいた。

「秀ちゃんは、明日があるから」

二人の客は、十時にならぬうちに座を立った。

「どうも、有難うございました」

寒いからもういいと言う、省線の御徒町と品川まで乗って帰る二人を秀夫が大塚駅の改札口まで送って行ってもどって来ると、光子は跡片付けのために掛けていた襷《たすき》をはずして畳に両手を突いた。

（――この他人行儀がいけねえんだよな）

成田山の切符に対する礼だとはわかっていながら、秀夫は鼻白んだ。

（――なぜ、この人は怒るんだろう）

光子にしてみれば自分のしたことはむしろ当然の礼儀で、母が父にしていたきわめて日常的な態度をそのまま踏襲したまでである。育った家庭の相違のために、二人は微妙なところで喰い違う。善悪は別として、徳川時代には一本化されていた礼儀作法が、昭和戦前にはすでにかなり入り乱れていた。すくなくとも、不動の基準といったものはうしなわれてしまっていた。

「啓子が出て行くとすぐ、鎌倉の澄子がお正月にうかがえなかったからって言って挨拶に来てさ、あんたたちにもよろしくって言って、つい今しがた帰っていったばかりのところなんだよ。まったく、ほんの入れ違い」

翌日、電話をして光子は啓子に自分の家のほうへ来てもらうと、前日借り受けた食器を返すために風呂敷に包んで池袋へ行くと母に言われた。

「澄子さん、いいわねえ、羨ましい」

澄子はぎんの姉みよの娘——光子姉妹の側からいえば光子より五歳年長の母方の従姉にあたっていて、財閥系の五井物産に勤めている箱島隆平にとついで、鎌倉の材木座に住んでいた。池袋の家を訪ねて来るたびに彼女の持参する手みやげ一つをみても暮しのゆたかさがうかがわれただけに、光子には昨日の料理の貧弱さと、食器すら実家から借りなければならぬ自身の所帯のみじめさがこたえて、思わず涙ぐんだ。

「上を見りゃ、きりがないよ」

ぎんに言われても、悲しさは消えていかなかった。

「あたしが大塚終点の大増からお料理を取りましょうって言うのに、あの人ときたらキンシ食堂のでかまわないって言うもんだから、仕方なしに仕出しをさせたら、やっぱりいかにも安もの安ものしていて、ひどいったらないの。それに、お刺身だって市場のお魚屋のでしょう。あたし、お膳にならべていても恥かしくて、顔から火が出るようだったわ。あれじゃ西町のお兄さんも、今宮さんも驚いただろうと思うの。……あんまりお粗末だったから、もう一度お呼び直ししなくちゃいけないんじゃないかしら」

「駄目駄目。そんなことをしようものなら、それこそ秀夫さんに当てこすりをするようなもんよ。……十九日に成田山へいっしょにお詣りに行くっていうんだから、そのとき来年のお正月にはお姉さんにもぜひいらしてくださいって言っておいて、いずれ埋め合わせをすればいいでしょう」

「来年のお正月？」

「それまで待てないっていうんなら、近いうちになんかお持ちしたらいいだろう。なにがいいか、あたしも考えといてあげるようにするわ」

「でも、あんまり高いもんだと、あの人きっとまた怒るわよ」

「お兄さんて、そんな人なの。……驚いた。けちねえ」

啓子がたまりかねて脇から言ったが、ぎんもそれは咎めなかった。

九　人形の午後

昭和十一年の一月十五日は晴天であったが、冷えこみがきびしかった。

秀夫はその日も、いつもと正確に同時刻の七時五十分に床をはなれた。そして、その時刻には、すでに光子は台所で朝食の支度にかかっていた。味噌汁の香が、家じゅうにただよっている。

夫婦は床の間のある六畳を二人の寝室にあてているから、起きて玄関の間へ行くにも、台所へ立つためにも、茶の間にしている四畳半を通りぬけねばならない。もういちど言えば、外出先から帰宅して洋服箪笥の置いてある二畳の玄関の間へあがると、すぐ右手に四畳半の茶の間があって、六畳の居間兼寝室はさらにその右手にあるが、台所は茶の間の奥に位置していて、居間と台所は壁で仕切られているために、茶の間を通りぬけなくては居間から台所へ達することができない。

一定の広さを越えた、とくべつ大きなものを別として、戦前の通常の貸家には洗面所の設備がないのが普通で、たいていは炊事用の流し台で歯もみがけば顔も洗ったり、時には髭を剃ったりした。風呂場もない鈴村家のような場合は、洗濯も台所でする。

秀夫が洗面の目的で茶の間を通ったのはそのためで、通りがかりにそこに置いてある長火鉢へ視線がいくと、銅壺が灰でよごれていた。その朝光子が、前夜床へ入る前にいけておいた炭団を掘り起したときに手許を狂わせた結果だということは明らかで、誰にしろありがちなことである。むしろ、よほど注意をせぬかぎり、その構造からいって銅壺に灰がかからぬようにすることはむずかしい。

だから、秀夫はそれをとがめなかった。光子が食膳をととのえるときに雑巾で拭き取るものと思って台所へ行くと、彼女は秀夫と入れ替って食器や釜などを茶の間へはこびはじめた。光子が流し台を使っていては秀夫が洗面できないためで、その手順も結婚以来ずっとまもりつづけられてきた慣行である。慣行にしたがって、慣行の流れに乗らなくては、勤労者の生活――特に朝の出勤前の支度は円滑にはこばない。勤労者の日常は時計の振子にたとえられるが、振子の往復運動は歯車の歯に推進される。勤労新婚当時秀夫が新しい家具だと感じた光子は、今やその歯車になっていた。

味噌汁の鍋がはこばれてきて、秀夫が割烹着をはずした光子と差し向いでニス塗りの円い小さな食卓について朝食をはじめるのは八時五分で、彼が用便をすませてからエアーシップをふかしながら「時事新報」に眼を通したあと、玄関の洋服箪笥の前へ行って洋服に着替えて、門柱に取り附けてある潜り戸を後ろ手で閉めて出て行くのが八時三十分ということも、朝ごとに繰り返される図式である。そして、それらは、ほとんど一分間の狂いもない。が、その朝だけは、いつもとほんのわずかながら相違していた点が二つ——げんみつには三つあった。

「銅壺の灰を拭き取っておけよ」

洋服を着替えに立つとき秀夫が言ったのに対して、わずか一瞬ながら光子はいやな顔をした。その二点と、もう一つは、玄関の式台に腰を掛けて靴をはき終った秀夫が立ち上りながら後ろも振りむかずに「行ってきます」と言うと、畳に片膝を突いた光子が背後から「行ってらっしゃい」と答えるのが毎朝の慣例であったのに、その日に限って秀夫が「行ってきます」と言わなかったことである。光子が「行ってらっしゃい」と言わなかったのは、そのためかどうか。

が、黒いオーバーにラクダ色のマフラーをして両手をポケットにさしいれた秀夫が家を出てから銀行へ行き着くまでの足取りと所要時間は、いつもとまったく変りがなかった。市電通りへ出ると大塚駅前まで白い息を吐きながら徒歩で行って、省線のガード下から王子電車に乗ると二つ目の庚申塚で下車したのち、右へ一〇〇メートルほど商店街を歩いて通用口からストーブで煖《あたた》められている銀行の店内へ入ったのは、開店より十五分前の八時四十五分のことである。

そんな時刻だというのに、彼より早くから出勤していた者も何名かあった。

「お早うございます」

誰にともなく挨拶をしてから、自身の机にむかって午前中にまわる予定の集金カードをしらべていると、九時二分過ぎに西町の姉から電話があった。それは、十九日の成田詣の件についての打ち合わせで、集合時刻は八時ということになっているが、自分はそれより十五分ほど早く押上《おしあげ》の駅へ行っているつもりだから、光子にそのころまでには来るように伝えておいてくれということであった。

「秀ちゃんが言うとおり、女にはめったに東京の外へ出られることなんぞないんだから、光ちゃんも喜んでるだろう」

静代は言ったが、秀夫は生ま返事しかできなかった。

「かならず、その時間までには行かせるようにします」

秀夫は言って電話を切ったが、一昨日と昨日とでどこか光子の様子が微妙に相違していたことを思い出すと、ふと今朝の銅壺の一件もそれが尾をひいていたのではないかという疑問にまではつながっていったものの、それ以上あまり深く光子の内部へ入っていこうという気にはならなかった。ほかでもない。その日はめずらしく新規契約の勧誘にまわってみようと予定していた家が二軒もあったし、外交に出る時刻が次第に近づいていたせいでもあった。勤労者は勤務に忠実であろうとするとき、しばしば雑念としての家庭のことを切り捨てるか、意識しなくても自然に払いのけてしまう。そのときの秀夫の状態が、そういう状態であった。

銀行そなえつけの黒い皮革の手提げ鞄は、使い古されてなかば鼠色に褪色している。その中へ新規契約勧誘のための営業案内パンフレットと釣銭用の小銭二十円、それに集金受領用のカードと銀行印を入れると、支店長にことわって通用口から出たのは十時十五分である。

出勤時のきびしい冷え込みは、陽光のためになにがしかゆるんでいた。

得意先係は、一にも二にも辛抱がかんじんである。あまり早く訪問すると、露骨に迷惑そうな顔をされる。かといって、主婦が応対する家庭へは、まだ昼食の支度にかからぬような時刻をみはからって訪問せねばならない。訪問先によってはかならずしもこちらの都合がいい道順にたずねるわけにはいかないので、各家庭の様子をのみこむまでには秀夫も一応の苦労をした。が、今もって勘が当る日もあれば、当らぬ日もある。

その日はまず尾関精米店へ行ったが、主人の完治が不在のため集金の目的を果せずに、次回の訪問日を告げただけで辞去せざるを得なかった。それからその二、三軒先にある坂本煎餅店を訪ねて月掛貯金を勧誘したがことわられたので、その次には約三分ほど歩いたところにある安田鉄力《ブリキ》店へ行ってやはり勧誘をすると、以前にもいちど訪問して下話がしてあっただけにさいわい新規加入に応じてもらえたので、契約書に必要事項を書きこみながら二十分ほど世間話をした。それから、さらに二、三分歩いて前任者大谷伝吉から受け継いだ金仙湯という銭湯をたずねて、もう満期にちかい何回目かの月掛貯金の集金をすませると、そのあとは七、八分歩いて市電巣鴨駅前停留所の前にある大川飴店で集金をすませたあと、そこでも話し好きな半白の坊主頭の主人と十五分か二十分ほど雑談をして十一時三十五分に銀行へもどった。

集金と勧誘は相手あっての仕事で、なかなか予定通りにははこばないが、一と口でも新規契約が成立した日はやはり気分がいい。集金額をカードと照合して異常がないことを確認した上で食堂へ行ったのは、十一時四十分をすこし過ぎていた。

「……快調らしいじゃないか」

秀夫の顔を見て言ったのは、年末に計算の誤まりをおかした彼を忘年会の席でなぐさめてくれた預金係長の堀越俊清であった。

「ええ、まあ」

「新規契約が取れたんだろう」

「一つだけですけど……」

「一つでも取れれば、それで結構じゃないか。ま、大いに頑張ることだな」

交替制になっている先組の食事時間は十一時から十一半までだから、そこにいたのは十一時半からの後組で、後組の食事時間ないし休憩時間は正午までなのに、堀越はなにか用事があったのか立ちぎわに秀夫の肩をたたくと営業室のほうへ戻って行ってしまったので、あとには計算係の島野勝雄と月田四郎のほか、預金係の水浦菊平と書記見習の増井良一がのこった。島野は三十五歳、月田は三十三歳で、ともに秀夫より年長だし席次も上だが、痩身の極端に肩幅のせまい、せせこましい感じがする富士額の島野は二十代のころから猥談好きで、その折にも月田を相手に、さいきん入った映画館で休憩中に男同士の観客が語り合っていたという話を話題にしていた。それは、房事の最中に女の首をしめると快感が増すといった内容のものであった。

「首をね……」

月田が言うと、

「うん。息がつまると筋肉がしまるせいかね。いいもんらしいよ」

島野は、いやしい笑いを唇のあたりにたたえながら答えた。秀夫や、水浦や、増井に聞かせようとする意図があきらかであった。が、秀夫は自身を二人の会話の圏外へ置くようにして、テーブルの上に出されていた食事を口へはこんだ。

裏で女房に手つだわせながら昼食の賄《まかな》いに当っているのは五十五歳になる小使の本田忠蔵で、銀行では一人一食分の副食費を十三銭ときめていたから、本田は賄いをその予算で切り盛りして、小使としての月給のほかに毎月三円ずつの炊事手当を支給されていた。そのため日々の献立が限定されるのは当然で、その日の副食物は塩アジが二尾と煮豆にワサビ漬がそえられていた。

「そんなもん、食っていいのか」

秀夫がワサビ漬に箸をつけると水浦が脇から言ったのは、二人が神田支店時代からの同僚で、秀夫に痔の気があることを水浦が知っていたからである。

「悪いこととは知りながら、さ」

秀夫が笑うと、

「予算は十三銭でも、タクアンの二きれぐらいつけたっていいのに、これじゃ口直しにどうしたってワサビ漬へ手が出るよな。本田の爺ィしまり屋だから、われわれの食い扶持《ぶち》からピンはねをして、大分ためこんでるって話だよ」

水浦は小声で言った。

「午後は、どっち方面ですか」

「そうね、今日は宮下のほうへでも行ってみるかな」

先に食事を終っていて、番茶の湯呑をテーブルに置いた増井良一からたずねられたのに対して秀夫が答えたのは、なぜだったのだろうか。彼自身にも、わからない。思わず宮下という地名を口にしたために宮下へ行ったのか、宮下へ行こうという意識がどこかに潜在したために口から出たのか。確実なのは口にしたことと、実際にそこへ行ったという事実だが、行こうという意識などは、むしろまったくなかった。無意識のうちに、その地名が口を突いて出たと言ったほうが、より正しい。

宮下というのは大塚駅附近に対する住民間の俗称で、昭和初年ごろには市電の大塚車庫前停留所も「大塚通宮下」となっていた。つまり、秀夫にとっては自宅附近をさしていたわけである。

午前中の外まわりは、九時前に出勤して十時過ぎからはじめるので、午後の外まわりの予定も朝のうちに立ててしまう。そうしておけば午前中に予定が消化しきれなかったばあい、その残りを午後の頭へ持っていけるし、逆に午前中の時間があまれば、午後の最初の予定を午前中の終りに繰り上げることもできる。

毎日の行動予定はそんなふうに組み立てているが、正午をすこし過ぎて、石工である西巣鴨四丁目四百三番地に所在する間島宗吉の家から集金をはじめるつもりでふたたび銀行を出た秀夫は、王子電車の庚申塚停留所の地点を通りかかったときふと気が変って早稲田行に乗ると大塚駅前で下車した。

（――チヨノといっしょに暮していたころだって、勤務中に自宅へ寄ったなんてこと

は、これまで一度としてなかったのに、今日の俺は、どうしたんだろう）
自身をいぶかしみながら、市電通りを歩いて深田葬儀店と二見自動車商会のあいだにある横丁へ入って行った。
このとき、秀夫の姿を見かけていた人物が一人いる。二見自動車商会主の二見安昌で、退役の陸軍歩兵少尉であった彼は、神田錦町の金融業者に連帯債務があって差押を受けていたために、その日が競売の日に当っていて、一方では競売の延期をはかっていたために、債権者より先に来る手筈になっていた神田錦町からの使者の到着を、今か今かと待ちわびながら電車通りに立ちつくしていた時だったからであった。
と言っても、しかし、二見安昌は秀夫の姓名はおろか、住居すら知っていたわけではない。ただ、当時の新聞を縮刷版などによってすこし丁寧に見ればすぐ気づくはずだが、帽子——特に男子の帽子の広告が実に多い。それだけ帽子は誰にも愛用されていたわけで、そのころの日本の男性はまだ非常に多かった和服の場合にも帽子をかぶった。真夏にはカンカンとよばれた麦稈帽かパナマ、秋から冬を越して初夏までは中折帽で、和服にトンビと称された二重まわしを羽織った場合にも帽子を欠かさないのが当時の風俗であった。商店員などは、鳥打帽をかぶった。玉の井などでは、窓に近寄った男の帽子をさっと取り上げて、より近くへおびき寄せるのが娼婦たちの強力な誘客手段であった。まして、洋服でノー・ハットという姿はきわめて稀である。秀夫がその一人であったために、二見安昌は自分の店の前をしばしば通る変った男として彼を記憶していた。が、秀夫のノー・ハットが計算係から得意先係へ異動されたためだなどとは知るはずもない。だいいち、彼が東都貯蓄銀行員であることすら、二見は知らなかった。ただ、いつも帽子をかぶっているのを見たことのない例の男が、その日にかぎって零時半をすこし過ぎたころ自分の店の脇を通って行ったことをはっきり見ていた。いわゆる、確認をしていた。

（——あの男が、昼間通るなんてめずらしいな）

そう思って二見が彼を見たとき、二見の姿など眼にも入れずに秀夫は考えていた。

（——なぜ、俺はこんな時間に自分の家へ行こうとしているんだろう）

自分でも自身の行動がのみこめなかったのに、その横丁を歩いて行って、路地の正面に自身の家の潜り戸を取り附けた門が見えたとき、その理由にようやく思い当って我ながら事の意外さに驚いた。その朝西町の姉から電話があったことを告げて、光子をよろこばせてやろうと考えていたからであった。

いや、そう思ったのは、見なれた潜り戸に対する視覚からの美化した連想——自身の内部に潜在する不審への無理にこじつけた解明で、事実としては、毎日おなじことの繰り返しに終始している単調さに耐えかねて、なんらかの変化をもとめる心がたまたまそんな行動になってあらわれたに過ぎなかったのである。したがって、立ち寄り先が自宅でなくてはならぬという必然性など、どこにもありはしなかった。むしろ、そんな時ですら、秀夫には自宅以外に行く先がなかったということになる。そういう哀しさから、彼はかつていかなる場合にも一度として脱け出られたことがなかった。

潜り戸に手を掛けると、苦もなく開いた。そこから一メートルも間隔のない玄関の磨ガラスがはめこまれている格子戸を引くと、それにも錠がかかっていなかった。

(——不用心だな。俺が勤めに出ている留守中は女の一人所帯同然なのに、いつも錠をかっていないんだろうか)

そう思いながら三和土に立って、奥へ声をかけた。

「……おい」

光子は居る気配なのに、返事がない。

(——どうしたんだろう)

不吉な予感のようなものをいだきながら靴を脱ぐと、オーバーを着たまま二畳の玄関の間にあがった。陽というものがまったく差しこまないために、そこの畳は、いつでもぶかついている。床《とこ》が、湿気でふやけてしまっているためだろう。そして、茶の間との仕切りになっている襖をひらくと、光子は長火鉢のむこう側に坐っていて、どこにひとつ平常と変ったところはなかった。

(——これが、この家の生活なんだ)

が、おかしいといえばすべてがおかしかった。

時刻は違っても、いつもなら潜り戸を開けただけで光子は玄関へ出むかえるのに、今日は声を掛けても出て来なかったばかりか返事もしなかった。玄関へあがって襖をひらいても、まだ長火鉢のむこうに坐っていてなにも言わない。秀夫も、オーバーを着たままで立っている。そんなことも、それまでにはなかったことであった。

「どうかしたのか」

言おうとして長火鉢へ視線を落すと、煖房のために木炭をついだ気配はあったが、注意して出て行ったのに、銅壺にかかった灰は朝のままで、拭き取った様子がない。

(——今朝と、またおんなじことを言わせる気か)

これほど自分が同じことの繰り返しに耐えがたさを感じているのにと思った瞬間、それは怒りに変った。単調さに対する、どうにも我慢のならぬ怒りであった。眉間に皺が刻まれて、こめかみに血管が太く浮かんだ。

その表情から、光子は秀夫が一歩近づこうとしてまだ半歩も踏み出さぬうちに立ち上ると、無言のままこわばった顔で六畳のほうへ走っていった。秀夫は追っていって光子の前へ立ちふさがるなり、右手の拳をかたく握りしめた。そして、胸のあたりを一と突きすると、むーっというような唸り声とともにガクンと畳へ膝を突いた彼女は、両手をゆっくり鳩尾《みぞおち》のあたりにあてがって、Zもしくは乙という文字の上の横一文字の左端を心もち斜め上方に引き起したような姿勢のまましばらく静止していたかと思うと、バサッというような音とともにうつぶせに倒れてしまった。

その間、二人は一言も口をきいていない。

光子は朝食の膳につくとき割烹着を取ると、帯をしめているのが苦しいためか、しばしば伊達巻ひとつでいることがあった。そのときも、帯をしめていなかった。そこを、彼は突いてしまったのである。

「光子。……おい、光子」

まだマフラーはおろか、オーバーも着たままであった秀夫は彼女の顔に自身の顔を近づけて、かすれたような声で低く相手の名を呼んだが、返事がないので、右手を彼女の身体越しに右肩へ掛けて引き起すと、ゴロンという感じで上向きになった。が、眼はみひらいたままで、まばたきもしない。その眼の上に自身の掌をひろげて水平に数回ゆりうごかしてみても、反応はなかった。さらに掌を鼻孔の下へかざしてみても、呼吸と思われるものは感じられなかった。が、倒れた拍子にゆるんだ着物の襟の間から胸へ手を入れてみると、明らかに体温はのこっていた。

＊

おそくも零時十五分には銀行を出ている鈴村秀夫が、その日の午後最初の集金にまわっているのは、自宅へ立ち寄ったために大まわりをしてしまったものの、はじめからそこへ行くことを予定していた石工の間島宗吉宅で、その時刻は一時ごろである。予定より四十分ほどおくれているから、電車や歩行に要した時間を差し引けば彼が自宅にいた時間が算出できるが、往路は王子電車に乗った彼がはたして復路も電車を利用したか、彼自身にもはっきりしない。二見安昌も、待ちわびていた神田錦町からの使者がやっと到着して店内に入ってしまっていたために、帰って行った秀夫の姿は見ていない。

が、その後の彼の行動をたどってみると、勤務によって強制された日ごろの習性というものが、人間という生きものをどれほどぴっちり鋳型にはめこんでいるかをまざまざと見せつけられる。自宅を出たあと彼は間島宗吉をふくめて七名の得意客に接しているが、どの一人として平常の秀夫と異なったところをまったく感じていない。お世辞がよすぎもせず、かといって無愛想でもなく、明るくはないが暗くもないという平均的な勤め人像を、得意客たちは印象づけられていた。そういう印象を、その日ほんのわずかでもそこなわれた相手は一人としていなかった。

間島宗吉から七円六十九銭集金した秀夫は、次にそこから徒歩四分ほどの古着屋伊藤弥五郎を訪ねて十五円二十銭集金したあと、煎茶を出されて二十分ほど雑談している。それからさらに五分ほど歩いて相馬ラジオ店の若い未亡人である女主人相馬キヨから二円六十三銭、ラジオ店から二分ほど先にある薪炭商の岡崎十吉からは十五円二十銭、岡崎家から五分ほどの距離にある乾物商の木島徳介からは四円五十銭集金すると、その次には歯科医の中原長年を訪ねて十六円三十銭集金したあと、五十分ほど話しこんでいる。それは二年ものの積立預金が近々満期になるために、その後の有利な運用方法についてさまざまな質問を受けたためで、ガラスに中原歯科医院という金文字が入っているドアを押して出たあとは、そこから徒歩三分ほどの距離にある味噌問屋梶山理一から十七円二十八銭集金して三時十五分ごろ帰行している。そして、いつものように午前中からの集金額をカードに照合しながら算盤をいれると、釣銭用として銀行から預かって出た二十円を差し引いた残りの現金をかぞえ直してから一口一口の明細を台帳にも記載して、金庫がしまるまでに出納係長の加沢嘉久哉に渡したあと、入金票とともに銀行印を支店長に提出した。

「……昼間はちょっと楽でしたけど、また冷えてきましたね」

通用口のところで、昼食時に声をかけられた預金係長の堀越俊清とふたたび顔を合わせたので、今度は秀夫が話しかけた。

「そうだね。こんな日は、帰ってから一と風呂浴びて一杯やるのが楽しみだな。……じゃ、失敬」

堀越は右手を耳のあたりまで上げると、オーバーの襟を立てて秀夫とは反対方向の巣鴨駅のほうへ去って行った。懐中時計を取り出してみると、四時二十分をさしていた。

(——こっちは家へ帰ったって、もう火鉢の火も消えているだろう)

そんなことを思ったとき、灰でよごれている銅壺が眼底にうかんだが、当然奥の六畳間で仰向きに倒れたままになっているに相違ない光子の姿には、不思議に考え及ばなかった。昼食後の秀夫の行動は、ゼンマイ仕掛けの人形が左右の足を交互にさし出して前進するのと似ていた。午前中に捲いたゼンマイが戻るにつれて、予定のコースを予定通りに歩いた。自宅へ立ち寄ったのはゼンマイを捲いた人間が人形をどこから始動させるか、つかの間の思案をしたあいだの出来事と言えぬこともない。

わが家の前に戻り着いた秀夫が、ふたたび潜り戸に手を掛けたのは四時四十分前後である。日はほとんど暮れていたが、靴をぬいで玄関の間へ上ろうとすると、式台の左隅になにかが置いてあった。先刻、彼が家を出て行った折にはなかったものである。玄関にあがって電燈をつけてから振り返ってみると、竹皮に包んだ味噌であった。秀夫が昼間いちど戻ってきてまた家を出たあとに酒屋の店員が届けにきて、返事がなかったためにそこへ置いていったものに相違なかった。

襖をあけて茶の間の電燈をつけると、六畳の畳の上に光子が頭をこちらむきにして倒れているのが見えた。点燈すべきかどうかちょっと迷ってから六畳の電燈もつけると、裾をすこし乱して脚をくの字にまげた光子の身体と顔がはっきりした。すこしまくれあがっている袖口からむき出されている腕に触れてみると、ひやりとして驚くほど硬いという感触があった。

大きな喜びの場合も、深い悲しみの場合も、実感というものはなんと遅く湧き起ってくるものか。光子の肉体から屍体という実感を受取ったのは、その瞬間のことである。

秀夫は、はじめて寒さを感じた。たまらなく寒い。

（――電燈は消そうか。つけたままにして置こうか。襖や格子戸は、閉めようか。開けたままにして置こうか）

結果として電燈はつけたまま、襖も開けたままであったが、格子戸は玄関も潜り戸も閉めてもうすっかり暮れきった戸外へ出ると、秀夫は西町の姉に来てもらうつもりでいったん公衆電話のある大塚駅前のほうへ歩きかけたが、思い直して踵《きびす》を返すと、反対方向にある交番へむかって脚をはこんでいった。

（――火鉢の銅壺に灰がかかっているのを拭いておけって言って出たのに、戻ってみ

たら拭いてなかったからなんですなんて言っても、巡査は信用してくれないだろうな）

秀夫の眼に、交番の燈が見えてきた。交番の脇には、巡回のための自転車が置いてあった。その交番の正式名称は、「巣鴨警察署管内大塚通巡査派出所」である。当日その時刻の当直巡査は二十七歳で、静岡県出身の小沢喜秀であった。

ふたたび言えば、その日は昭和十一年の一月十五日であったから、二・二六事件の生じる四十二日以前である。昭和六年に満洲事変が勃発して、十五年戦争に入ってから五年目の正月であった。

少女

1

左腕が、ジーンとしびれている。

ほとんどもう、耐え難いと言っていい痛さである。

小倉恭介は、時計を持っていない。だから列車が駅へ停車する度ごとに、ホームの天井から吊されている円形の大きな電気時計を見上げて時刻を知るほかはないのだが、上野駅から乗り込んだ直江津行普通列車の発車時刻は午後十時ちょうどであったから、まだ二時間ちかくしか経過していない。

それなのに、この痛さといったら、いったいどうしたということなのだろう。

列車が浦和にも着かぬうち——ということは発車してからまだ十分ともたたぬうちに、ゆたかは指が長くていたいたしいほどほそい両手で恭介の左腕へすがりつくようにしながら、幅のせまいふちがある薄鼠色の学童帽をかぶったままのオカッパ頭をよせかけて眠り込んでしまった。

乗車券は、松本まで買ってある。そのためには、明日の未明と言うより深夜のうちに篠ノ井《しののい》で乗り換えをせねばならないが、それにしても先は長い。それまで、辛抱できるだろうか。

(——一昨日《おととい》からあっちこっち引張りまわされてるんだから、無理もねえよな)

恭介にしてみれば右手はあいているのだから、その手でゆたかの頭の位置をずらせることなら造作もない。少々ぐらい動かしても、これほど熟睡していれば眼をさまさせてしまうおそれはないのだし、自身も耐え難い痛さから解放されることはわかっている。が、鼻筋が通って、子供としてはきわめてめずらしいと言わねばならぬほど端整なゆたかの面長な顔立をみつめていると、楽になりたいなどという心はたちどころに消えうせていってしまう。自分がつかまれと言ったのではないばかりか、引き寄せたのでもなくて、この子のほうから求めてすがりついて来たのだから、痛さには耐えてやりたい。耐えてやらねばならぬ、という思いのほうが強まった。

最初の日にくらべれば、すこしこけたかなと思われはするものの、うっすらと産毛に蔽われている、やわらかそうな頬。小さくて、肉のうすい唇。ぱっちりとつぶらな瞳をみひらいている時よりも、こうして瞼を閉じている時のほうがよりいっそう長く見える反り返った睫毛《まつげ》。ゆるやかな曲線をえがいている、ほそい眉。前髪は梳きあげて、顔の両脇で剪《き》りそろえてある髪の毛の裾からわずかにのぞいて見える、あるかなきかの淡紅色を帯びた耳たぶ。どの一つをとってみても、みいればみいるほど美しい少女だ。そこには、気高さといったものまでが感じられる。

恐らくはそのせいなのだろうが、恭介は今日でもう三日もゆたかを連れ歩いているのにもかかわらず、衣服の上から彼女の背を軽く押したことだけはあっても、素肌となると、まだ手に触れたことすらない。その手は、指をのばすと付け根のあたりにえくぼのような窪みのできる手であった。

熊谷や本庄も過ぎて高崎に近づきつつある列車は、予想していたよりはるかにすいていた。横須賀海兵団から復員したとき以来、戦後は満員列車や電車にばかり乗せられていたので、楽に腰掛けられただけではなく空席すらあったのが、むしろ意外であった。二人が占めているボックスも、前の二人掛けのシートはあいている。右側のボックスも、無人であった。

ゆたかは小学校の六年生だが、早生まれである。

寝つきがいいのは当然としても、寝息は走行中の轟音がとだえる停車中もきこえて来ない。一昨夜と昨夜は安宿の漆喰壁の腰のあたりが剝落したり、廊下とのさかいになっている煤《すす》けた障子ばかりか、夜具を収納する押入の古ぼけた唐紙にまでいくつかの破れ穴があるようなせまい粗末な部屋で、身体と身体とがほとんど触れ合わんばかりに接近して寝たのにもかかわらず、やはりゆたかの鼾《いびき》らしい鼾は聞かなかった。驚くほど寝相もよくて、枕の上に後頭部をのせた頭を一と晩中まったく動かさなかった。最初の夜などはそれが気になって、恭介は彼女の唇と鼻孔の上にすこし空間をおいて自身の掌をかざしてみたほどであったが、いまもけっして寝心地がいいはずのない椅子席で、ずっと身動きをせずに眠りつづけている。

（——ひとくちに上流家庭っていっても、杉富家ぐらいの家柄の娘ともなれば、こういうものなんだろうか）

ゆたかの頭の位置をずらすくらいのことなら容易でも、ちょっと複雑な操作となると、いかに利き腕とはいえやはり片手では厄介である。恭介はそちらのほうが通路から離れているだけ、たとえわずかでも人眼が避けられるかと考えて、自身の左側の窓ぎわへ彼女を腰掛けさせた。同時に左肩から腰の右のほうへ袈裟掛けに掛け替えておいた草色のズックの提げカバンに右手を差し入れると、今朝がた千葉駅で買ったその日の新聞をあらためて取り出して、できるだけ紙の音を立てないように気をくばりながらひろげてみる。前や脇の座席に乗客がいても、ゆたかが眼をさましていてもはばからねばならないが、今ならその不都合を二つともまぬがれているので、気持は落着いていた。それに新聞は戦後ずっと朝刊だけで二ページ建てがつづいているから、ページを繰る必要もない。いったん広げれば、あとはただ裏返すだけでよかった。

娘の恐怖時代　誘拐しきり

学校帰りを誘ふ

杉富氏の長女謎の行方

そういう見出しが社会面のトップに据えられていて、ゆたかの写真も掲載されている。

写真は、杉富家かゆたか自身の上に、なにか祝い事でもあったときの記念撮影といったものであったのだろう。彼女は本仕立ての帯を胸高にしめた和服の晴着姿で、額をすっかりむき出しにしているオカッパ頭のむかって左側の生えぎわに、蝶むすびにしたあらい縞模様の大きなリボンをつけている。モノクロ写真だから色彩はわからないが、紅白かと思われるその大柄な横縞は、面長な容貌によく似合う。髪の毛に直接むすびつけたのではなくて、結び目の下に取り付けられているクリップでとめてあるようだ。

千葉駅で新聞を買ったとたん、恭介の眼にいきなりとび込んできたのもその写真であったから、彼はそそくさとそれをたたんでカバンの中へ押し込んでしまった。どの程度にゆたかは文字が読めるのか、かりに見出しは読めなかったとしても、自身の写真にはすぐ気づくはずであった。が、恭介の動作が素早かったために、さいわい彼女の眼には触れなかったようだし、よしんば写真を見た者が駅や市街の雑沓の中には無数にいるとしても、いまは学校の制服に制帽をかぶっていて、写真の彼女とは服装もまったく違っているので、自分が連れ歩いている少女を杉富家の令嬢だなどとは思わないだろう、と恭介は考えていた。

いや、それだけで安心したり、高をくくっていたわけではかならずしもない。

あの玉音放送があったポツダム宣言受諾の日からでは、今日までにまだ十三ヵ月――一年一ヵ月と四日しか経過していなかった。だから食糧不足が慢性化して、飢えた野獣さながらの状態になっている現在の日本人には食慾と色慾しかなくて、他人に対する関心などはいちじるしく薄れている。ほとんど無防備にちかい彼の警戒心に対する軽視もそのへんに根ざしていたが、同時に社会一般の他者に対する関心の稀薄さは、それが皆無だということを意味しているわけでもないのを承知していた。なまじおどおどしていればかえって不審をまねくので、千葉からいったん東京へ引き返して来ると、故意に自分等の顔を人眼にさらしながら、浅草からまだ戦禍の痕跡を多分にとどめている隅田川周辺をあちらこちらほっつき歩いた。

東京に住む東京生まれの人間に、東京に対する郷土意識は意外に稀薄である。自身が生誕したり育ったりした、きわめて限られた狭小な地域に対してはそこばくの愛着なり親愛はおぼえても、それは東京という全体像ではない。恭介は秩父山塊の主峰である甲武信岳《こぶしがたけ》の頂上付近を水源とする隅田川が、流れ流れてほぼ尽きる地点——海水にまじわってしまう地点で生まれ育った。その土地には暗くいまわしい思い出しかないのに、やはりこういうときには、脚が自然に出生とつながる場所へ向いてしまうものなのだろうか。

隅田川の水は昭和二年ごろから汚濁の度を増したと言われるが、戦争で沿岸上流の諸工場や住民の活力を喪失した川は、戦前にくらべて敗戦後まもない今のほうがずっと澄んでいる。水の色が、淡緑色を呈していた。

(――あの婆ァは、どうしてるだろう)

川岸のベンチにゆたかとならんで腰をおろしながら、戦前にくらべればめっきり船舶の往来が減少している水のうねりに眼をやっているうちに、恭介はふっと思った。婆ァとは彼の継母タミであったが、そんな考えがうかんだこと自体、思いがけなかった。まして、それがゆたかからの連想だなどとは思ってもみなかった。が、心理の深層で、その二つは正確に重なり合っていた。ただ恭介自身が、それに気づいていなかっただけのことにしか過ぎない。

「おなか、すいた」

なにを話しかけても、ゆたかは押し黙って返事をしなかった。時に応じてうなずいたり首を横に振ったりするだけだから、恭介の言葉はいつも独り言のようなものだが、どこまでもついて来ることによって、彼女が自分を怖れていないことは明らかである。映画をみせてやったときも、化粧袋を買ってやったときも口はきかなかったが、小さな唇のはしに微笑のようなものを一瞬ただよわしたのを、恭介はみのがしていなかった。彼がすこし脚を速めると、小きざみな急ぎ足で追いすがって来る。ただ単に心ぼそいから頼りにしているというだけではなくなっているという感触が、恭介にはあった。

「なんか、食べようね」

言いながら立ち上った彼には、しかし、そのときどこへ行ってなにを食べようというあてがあったわけでもない。

持っている金の限度から、贅沢はゆるされなかった。この先、幾日放浪しなくてはならないか、見当もつかぬ以上、出費はぎりぎりにおさえねばならない。

ゆたかは杉富家の令嬢だから、日本中の国民のほとんどすべてが餓死すれすれの日常をすごしていた戦中戦後も、落ちた食事などはしていなかったに相違あるまいと考えて、恭介ははじめから、彼女が空腹になる時間を根気よく待ってからでなくては食事をとらせなかった。人を縛るには、自身も縛らねばならない。自分も我慢するという前提の上に立って彼女にも我慢を強いたわけだが、空腹なら味のよしあし、質の上下に対する評価の基準がくずれる。そういう計算にもとづいた行為であった。そのとき日が暮れるまで歩きつづけたのも、まったく同一な意図に発している。

そして、上野駅ちかくの屋台と大差ない程度の店へ入って、高い木の椅子に他の三人の客と横一列にならんで腰を掛けながら、ゆたかとめいめいに一人前ずつ注文した鮨を食べた。

衛生などということが、問題にされる時代ではない。客はなんでも食べさせてくれるものさえあればよかったし、どこへ行っても飲食店には食わせてやる、飲ませてやるという態度があらわで、その店のばあいも湯呑の洗い方がいいかげんなせいか、ふちに唇をつけると生臭いようなにおいがしたが、熱い煎茶は緩慢に疲労をいやしてくれた。ゆたかは猫舌のせいか、湯呑に口を近づけていつまでも息を吹きかけている。恭介がほんのわずかにしろ苛立ったのは、結果からみて、やはり虫のしらせの一種だったと言えよう。

「早くおあがり」

うながすと、ゆたかは辛子色の塗箸を手にして食べはじめた。戦後、使い捨ての割箸はまだほとんどの店が使っていない。握りを一つ食べ終っては、茶をすする。まずいせいかと心配したが、そんなことはなかった。干瓢《かんぴょう》の海苔巻を食べ、鮪《まぐろ》を食べ、玉子焼を食べ、烏賊《いか》も食べた。もう三日も起居をともにして、好き嫌いのないこともわかっている。安物のために海苔も赤茶けた色をしているが、よく食べるのは空腹のせいに相違あるまい。河童巻を口にしたときには、ポリポリという音を立てた。ゆたかは、歯並びも美しい。虫歯などは、一本もないのだろう。

「おいしい」

たずねると、めずらしくこっくりうなずいたのと同時であった。店の隅にある棚の上に置かれて埃をかぶった箱型のラジオが、行方不明になった杉富家令嬢のニュースを報道しはじめたので、額からさあっと血の気のひいていくのが、恭介は自分でもわかった。朝がた千葉駅で新聞を見たときとでは、状況も条件もまったくちがう。心臓がはげしく脈を打って、鼓膜にガンガンひびいた。

自分が逮捕されることを、おそれたのではない。たまたまそこに居合わせた他の客や、店員に聴かれるのをおそれたのですらなかった。

杉富家は、日本における四大財閥の一つである。日本が戦争に敗れて、占領軍から経済力の集中排除という名のもとに財閥解体ないし分散が命じられているにもせよ、資産を没収されたわけではない。いまも杉富家の名は、大富豪というイメージをいささかもそこなわれていなかった。民主主義の時代が到来して、すべての権威が失墜したと言われてはいても、やはり杉富家は庶民にとってあまりにも高い雲の上の存在なので、客や店員は自分等のすぐ眼の前の、それもちょっとのばせば手がとどくほど近い距離に坐っている小学生の女の子を、万に一つもそういうご大家のお嬢様だなどとは想像もするはずがない。ゆたかはそこにいても、そこにはいない。彼等にとって、杉富家の令嬢などは、自分等とまったく別世界の人間なのだ。すくなくとも、頭からそう決めてかかっている。したがって、恭介がおそれたのはゆたか一人で、ただもうアナウンサーの声を彼女の耳にだけは入れまい、入れてはならぬという一心から、急用を思い出したふうをよそおって、出まかせにペラペラ喋りつづけながら店員に二枚の十円札を手渡した。そして、

「お客さん、お釣りだよ」

という声もきこえぬふりをして、外へ出てしまった。ゆたかの背を着衣の上から押したのは、そのときのことである。

(——これじゃ、怪しまれても仕方がねえ)

ゆたかもなにかを嗅《か》ぎ取ったに相違あるまいと思ったが、同時に、この子はもはやどこまでも自分について来るに違いないという確信に似たおもいも湧き起ってきて、

胸が熱くなった。戦前とはまだくらぶべくもないほど貧しい復興途上の街の灯が、にじんで眼に映じた。

広小路から御徒町や山下にかけて何度もぐるぐる歩きまわったのは、ラジオ放送があったばかりでは、すぐ駅へ行かぬほうがいいと判断したためであったし、松本までの乗車券を買ったのは、駅の構内広場に制服の警官や私服の刑事が張り込んでいる気配を感じ取ったからにほかならなかった。眼につかぬように分散こそしているものの、制服の人数だけでも、目の子算でおよそ十名をくだらない。構内広場の外にもいるに相違ない人数までかぞえれば、十五、六名になるかもしれなかった。

(――二人で歩いてちゃ危ねえな)

列車や電車の乗客ばかりとは思われぬ群衆のなかには、その夜も駅の地下道を塒《ねぐら》にするつもりらしい疥癬《かいせん》病みで裸足の戦災孤児や、襤褸《ぼろ》をまとったいかにも無気力そうな垢だらけの浮浪者などもかなりまじっている。掏摸《すり》も、いるかもしれない。闇屋や、泥棒もいるだろう。人間の掃き溜めというのが、戦後の上野駅の様相であったが、そんな混雑から一人だけぽつんとはなれて、眼つきの鋭い半袖開襟シャツの逞ましい体つきの中年男が太い柱の蔭で煙草をふかしているのを視野の片隅にちらっと入れたとき、恭介は私服だなと気づいてできるだけ肩の力をぬいた。身動きに、硬さを見せてはならないと思ったからである。

「お兄ちゃんは、きっとたか子のすぐ後について行くからね、うしろを振り向いちゃいけない」

視線もゆたかからそらして切符を持たせると、手短かに言いふくめた。

たか子とは、ゆたかという三字名の二字目と三字目をのこして、その下に子をつけた偽名で、むろん恭介が考えたものであったが、本名で呼びかけたばあい、いつどこで誰に聞かれぬともかぎらないという用心のためであった。ゆたかは例によって返事をしないが、恭介の言葉にはいつも従順である。そして、それが上野駅でも捜査網を突破することに成功させた。

行き先を松本ときめたのも、そこへ行って誰を訪ねようとか、なにをしようという目的があったからではない。長野でも、直江津でもよかったのだが、松本へ行くためには篠ノ井で乗り換えを必要とする。上野駅での張り込みを考慮に入れれば、乗車駅から下車駅まで一本の路線で直行するより、たとえ自分ひとりの気休めにもせよ、別の路線に乗り換えるほうが、なにがしかでも捜査の眼をかわすことに役立つのではないかというおもんぱかりにもとづいていた。

逃亡者はつねに現在地を危険視して、そこからすこしでも早くはなれたい思いで先を急ぐ。こんな場合には急行をえらぶのが当然の心理だろうと考えた彼は、ただそれだけの理由から警戒の裏をかくつもりで普通列車にしたが、かねて深夜の鈍行――各駅停車には利用客がすくないことを心得ていたものの、まさかこれほどまで空席が多いとは予想だにしていなかった。そして、その思わぬ結果が、彼に新聞をゆっくり読ませてくれることになった。

2

聞き込みの段階での取り違えかと思われるものの、警察の発表ないし新聞報道には致命的と言っていい二つのミスがあったが、そのほかは微小な点を別とすれば、おおむね正確であった。

もっとも、一つ一つを切りはなせば些細な誤りであっても、積り積れば馬鹿にはならない。恭介が手にしているのはその日の朝刊なので、情報もその後はなにがしか集まっているだろうし、誤りもいくばくかは訂正されているということが考えられる。しかし、上野駅であれだけの警戒網をくぐりぬけられたのには、やはり新聞記事がおかしている大小さまざまな誤報――ひいては警察のつかんでいる情報の不確実さに助けられた点もあったろう。

まず「横浜発」とある記事は、同市戸塚区――町――番地の杉富家当主である茂兵衛氏長女ゆたかが十七日午前十一時半ごろ片瀬町の芙蓉学園から帰宅途中、何者かに連れ去られたまま翌十八日の午後になっても帰宅せぬために、警察と杉富財閥の全機関をあげて捜査中であること、ゆたかを杉富家の令嬢だと知って計画的におこなわれた犯行であることは明らかなのにもかかわらず、同家には脅迫状などが送られていないので、目下のところ犯行の目的その他はいっさい不明だとしている。

次に、芙蓉学園の所在地である片瀬町が鎌倉署の管轄内にあるために「鎌倉発」とされている記事には、ゆたかの級友KとIからの聞き込みが取り上げられていた。

十七日の午前十一時半ごろ学校の授業が済むと、二人は小田急江ノ島線の電鉄駅にむかったが、校門から一丁ほどのところで追いかけて来た国防色の海軍の略服に略帽をかぶった三十歳ぐらいの男から「杉富さんのお嬢さんはどの人ですか」とたずねられて「前に歩いている三人連れの中の一人です」と答えると、男は追いついて行って「警察の者ですが、お宅に重大な事件が起りましたからいっしょに来てください」と言って、驚くゆたかを連れ去ったということになっている。そして、ゆたかの容貌についで顔は面長、髪はオカッパとしているところまでは誤りがないのだが、右眼の下にホクロがあるというのは恭介のほうで、ゆたかの顔にそんなものはない。上野駅で見張っていた捜査陣が、それをゆたかの特徴としてマークしていたとすれば見のがしてしまったのは当然である。また、誘拐現場に居合わせて口まできいていた彼女の級友たちが小学生であっただけに、ある程度までやむを得ぬ結果であったとしても、恭介の年齢を三十歳ぐらいとみていたことも、捜査側にとっては大きなマイナスになったはずで、実際の彼の年齢はまだ二十二歳でしかない。恭介が、上野駅の構内広場の太い柱の蔭で煙草をふかしていた半袖開襟シャツの男を視野の端に入れて私服だなと気づいたほどだから、かりにあれがベテラン刑事であったとすれば、先方も当然彼の顔や新聞記事にもなっている海軍の略服に略帽という服装を見落していたはずはない。眼にしていながら嫌疑をかけなかったのは、恐らく手配書にもそう記されていたに相違ない三十歳ぐらいという、実年齢との相違のせいであったろう。

ゆたかの自宅がある地理的な関係から「横浜発」となっている報道がもう一つあって、その部分の小見出しは「一週間前からつけ狙ふ」となっていた。

戸塚区の丘陵の斜面にある杉富家の宏壮な邸宅には、弘子夫人と長女ゆたか、次女かをりの三人が数人の使用人とともに居住していて、当主の茂兵衛は七月はじめから長野県の菅平にちかい角間《かくま》温泉の別荘へ避暑に行ったまま、今もってそこに滞留している。本宅には不在のため、夫人にかわって記者の質問に応じたという執事の談話が載っている。談そのものの内容は取り立てて言うほどのものではないが、恭介は当主不在のために執事が代って語ったということによって、女ばかりわずか三人きり――それも三人のうちの二人までが小学生の女子というゆたかの家庭の家族構成をはじめて知って、彼女がいまも自分のような見ず知らずの男の腕にすがりついて眠っている理由のほんの一端にもせよ、原因のよってきたるところを垣間みせられたように思った。経済的には超特別にめぐまれた家庭でも、自由な外出すらままならない家族間にただよう人間生活の淋しさには蔽いがたいものがあったのだろう。

その執事の談話によれば、犯人は事件の一週間ほど以前から放課後になると学校付近を徘徊《はいかい》していた様子で、誘拐が実行に移された前日と前々日には、二日つづけて下校途中の級友に「杉富さんは以前級長をしていたそうですが、今もしていますか」などと尋ねている。また、前日の十六日に現われたときにはツギだらけのよれよれの軍服だったのに、十七日当日はきちんとした軍服に、陸軍式の巻ゲートルとは違う海軍式のコハゼでとめる脚絆を着用していたと、恐らくはゆたかの複数の級友の家に電話で問いただしたかと思われる応答が掲載されている。

新聞記者は、さらに級友からも直接取材していた。事件発生の前日、犯人はもう一人別の男と二人連れで現われたこと、ならびに当日の十二時過ぎには、ゆたかが江ノ島電鉄の龍口寺《りゅうこうじ》停留所付近を犯人と鎌倉方面へむかって歩いているのを、電車の中からTとSの二人がみとめて「杉富さーん」と呼びかけたが、ゆたかには聞えなかったのか下をむいたまま返事をしなかったのが手掛りの最後だと報じている。

そこで、もしTかSのうちのどちらか一人でもが、帰宅後ただちに家人の誰かにそのことを告げて通報されていたら危ないところだったと、恭介はひやりとした。その時点では、自分がまだ犯行現場からあまり遠くはなれた場所にはいなかったからである。

しかし、警察と新聞社が突き止めているのはそこまでで、それ以後の足取りはいっさい不明のようだが、恭介に言わせればわからなかったのがむしろ当然で、以上の記事中には、ゆたかのホクロと恭介の年齢に対する決定的な誤認のほかにもいくつかの間違いがある。一週間も以前から学校の付近を徘徊していたとか、前日まではツギだらけの軍服を着ていたというのも事実に反するし、誰かと二人連れで行ったなどというおぼえも彼にはまったくない。証言の相手が小学生であるだけに、刑事や新聞記者は応答のあいまいさにもどかしくなって、犯人は一人でしたか、ほかにもいませんでしたかというような誘導追及をした結果が、二人連れということになってしまったということも考えられぬではない。さらに海軍の略服にしろ、生地は木綿とスフの混紡なので皺がよりやすいから、それが芙蓉学園生のような良家の娘たちの眼にはボロと映って、取り調べや取材の段階でツギだらけというような聞き込みが成立してしまったのだろう。一つ一つは小さくても、総合すれば事実とのあいだに大きな懸隔が生じたことは否めなかった。

(――それにしても、これほどとびぬけて綺麗な女の子を連れ歩いていたのに、今までよく誰にも怪しまれなかったもんだ)

恭介は、もういちど自分の腕にすがりついて眠りつづけているゆたかの顔をのぞき込んでから、車窓のガラス板に映じている自身の横顔を見ながらいま読んだばかりの新聞記事を反芻《はんすう》して、篠ノ井へ着いたら脚絆は脱いでしまおうと考えた。報道——つまり小学生たちの観察は変なところを見誤っているくせに、妙なところが精確である。捜査の手掛りになるようなものは、一つでもすくないほうがいい。

警察の者ですが、お宅に重大な事件が起ったのでいっしょに来てくださいと言ってゆたかを級友の中から間引きしたことは事実で、歩きはじめながら、あなたを保護してあげるから心配しなくてもいいと言うと、ゆたかはその言葉をそのまま信じたとも思われないのに、ぴったりと彼の脇に寄り添って、どこまでもついてきた。その疑うことを知らぬ無垢な態度は、むしろ薄気味が悪いほどであった。

日常は平凡で善良な市民も、ひとたび犯罪をおかすと悪知恵がはたらく。強迫観念のもたらす極度の警戒心が、ふだんは拡散している思考力を集中させるからだろう。いったん片瀬の海岸へ出て江ノ島へ渡る弁天橋のたもとまで行ったのち、恭介はすぐその近くを走っている江ノ電に終点の鎌倉まで乗った。それからさらに、海兵団で半年ほどすごしたため多少は地理に通じている横須賀まで行くと俄《にわ》かに考えをあらためて、東京へ引き返した上で秋葉原から総武線に乗り継いで、その夜は津田沼に一泊した。犯人の目星がついていないばあい、神奈川県下で発生した事件の捜査が、千葉県にまで及ぶことはあるまいと考えたからであった。

津田沼は敗戦時まで陸軍の連隊と演習場のあった土地だけに、軍の解体によるさびれかたもひとしおであったが、それだけ宿には泊めてやるという恩きせがましさがなくて、使用人も雇えなくなったらしい老主人夫婦は風呂を沸かしたりして、あたたかくもてなしてくれた。浴場へ行くために洋服を脱いで大き過ぎる大人ものの浴衣に着替えるとき、シュミーズ一枚になったゆたかの胸へちらりと眼をやると、乳房のあたりにはまだわずかな隆起すらなかった。が、ソックスを脱ぐ仕種や太腿から下肢にかけての脚線は、やはり明らかに女子のそれであった。かぼそいなりにふくよかさを感じさせずにはおかぬものがあって、一瞬はじらいの色さえみせた。

「なんだ、まだ眠ってなかったのか、早くおやすみ」

後から湯を使った恭介が部屋へ戻って来ると、ゆたかは湯上りの艶々した顔を天井にむけてすでに床へ入っていたが、眼をひらいていた。やはり、一人きりでは心細かったからなのだろう。恭介は腕をのばして電燈を消すと自分も夜具の上に身体を横たえたが、その夜は白い大きな錠剤を服まなかった。彼のカバンの中には、その錠剤がまだ十個以上入っている。

　翌朝雀の囀《さえず》りを聞きながらゆたかとむかい合って朝食の膳についていると、せめて二日か三日はこのままここに腰を落着けていたいというような心も脳裡をかすめて過ぎていったが、逃亡者という立場がそれを許さなかった。

　午の弁当としてたのんでおいたムスビを風呂敷に包んで宿を後にしたのは、午前九時をすこし過ぎていた。そして、その足で千葉へ行ったが、ゆたかにとっては勿論のこと、恭介にしても千葉市は生まれてはじめての土地で西も東もわからない。ただ時間を浪費する以外になんの目的もあったわけではないから、出たとこ勝負で映画館へ入った。

　映画はアメリカの喜劇であったが、ゆたかはよほど興味をひかれたらしい。途中で恭介が竹皮包みをひらいてムスビを渡してやっても、手をつけようとしないでスクリーンに見入っていた。これほど喜ぶのなら、自分のほうは時間さえ潰れればいいのだからもう一軒別の映画館へ入ってみようかと恭介は考えて、その映画館を出たあとも歩きまわってみたが、子供にむきそうな映画が見当らなかったために、繁華街でみつけた百貨店へ入って、ふと眼についた化粧袋というものを買い与えた。化粧袋などというものは、それまで見たことも聞いたこともなかったが、中年の女店員にたずねると、バニシングクリームから白粉、口紅、頬紅のほか鏡と櫛までセットになっていて、大人の真似をしたがる歳ごろの娘にと言って土産に買って帰る親が多いとのことであった。しかも、ままごとのような玩具の類ではなく、本当の化粧ができるのだと言われて、金を払うと同時に品物はゆたかに持たせた。そして、二日目のその日は早めに宿へ着いて稲毛《いなげ》に泊った。千葉や市川のような都市を避けたのも、逃亡者心理からである。

「およし。もうよしたほうがいい」

稲毛の宿でまだ日が暮れぬうちに入浴をすませると、ゆたかは恭介の許可が出るのを待ちかねたように化粧袋の封を切って、粗末な鏡台の前で見よう見真似の化粧をはじめた。バニシングクリームを塗り、白粉をつけ、口紅をさすと、恭介がギクリとするほどゆたかの顔は変った。美しさが、いちだんと輝きを増したことは事実であったが、それは美少女というより、どこか大人っぽい美女の顔であった。それに恭介は耐えられなくなって洗面所へともなって行くと、急いで化粧を落させた。

「お兄ちゃんは、お化粧なんかしていないたか子のほうが好きだ。お化粧なんかしなくても、たか子はほんとに可愛い」

言っているうちに、恭介の眼には涙があふれて来て頬をつたった。ゆたかはなかば茫然としながら彼の顔を見ていたが、彼女なりに恭介の気持を理解したのか、部屋へ戻ると信玄袋のようになっている化粧袋の紐をしめて彼に渡そうとした。

「あげたんだから、それは持っていていい。返さなくてもいいけど、お化粧なんかしなくても、たか子は綺麗なんだ。だから、お兄ちゃんはたか子が大好きなんだ」

言っている恭介自身にも、そのときにはまだ、自分の心がはっきり把握できていたとは言えない。そして、翌朝稲毛の宿を出たのち、ふたたび千葉へ引き返して新聞を買ってからこの列車へ乗り込むまでのあいだに、彼は隅田川畔で継母のタミを思い出していたわけなのだが、あのときにも、その唐突さに驚いただけで、なぜ突然タミのことなどが想い浮んで来たのか彼にはわかっていなかったし、わかろうともしなかった。

それが、新聞をさらに読み進んで、「長野発」とある短い記事に接したとき、かかっていた靄《もや》が霽《は》れて視界がはっきりして来るように、それまで見えなかったものが俄かに見えて来る思いを味わった。その見出しは「角間温泉別荘に滞在中の杉富茂兵衛氏は語る」とあって、なにしろ事件は今のところ五里霧中で手掛りがなく、相手から脅迫状も来ていないので横浜へ帰っても仕方がないから、このままここにいて、もうすこし事件の推移をみた上で然るべき行動をとるつもりだ、というものであった。

(——これが、行方不明になって警察や新聞まで騒がしている娘の父親の気持なんだろうか)

そう思ったとき恭介の眼底には、もう一度こめかみに即効紙とかいう四角く切った頭痛膏《ずつうこう》を貼っているタミの、眼尻の吊りあがった顔が浮上して来た。

恭介の生母デンは、漁師の子として新佃島《しんつくだじま》で生まれた彼が小学校三年生のとき、子宮筋腫がもとで下半身から悪臭を放ちながら絶息した。結果からいえば、そのあとで恭介の父恭平と再婚したことになるタミは、デンの死後恭平が入りびたっていた飲屋の女主人で、いつの間にか二人はくっついた。いや、それ以前から多情だったタミは恭平以外の幾人かの男とも通じていたのだが、恭平は急性肺炎をわずらうと、恭介と二人きりの家庭で看護をする者もなかったために、医者が来たときにはすでに手遅れで呆気《あっけ》なく急死してしまった。恭介が、五年生のときのことである。多情で、いわゆる莫連女《ばくれんおんな》のタミは、やはりそれも結果からみた場合のことに過ぎなかったものの、なぜかこのとき孤児になった恭介を引き取った。それを周囲の者があまり驚かなかったのは、明らかに引き取ったというかたちを取ったわけではなく、宿無しになった恭介がタミの店へ野良犬のようになった姿をみせると、うちは夜の遅い商売だから一人で二階へあがって寝てもいいよと言った。そういう状態がそのままずるずるとつづいて、恭介はその家に居ついてしまったのである。

不思議な子供で、恭介はそんな生育環境に置かれていたのにもかかわらず、学校はよくできた。まともな家庭の子ではないために遊び仲間から疎外されがちだったから、そのぶん家にいて勉強をした結果であった。

小学校を卒業して高等小学校へ進むことができたのも、タミが許したからではない。なにをしても、いっこうかまってくれなかったという、いわば偶然の結果であった。恭介は佃の渡しで大川を越えると、佃言葉でいう東京――日本橋や京橋あたりで蜆を売ったり、可哀そうに思って安くおろしてくれる近所の業者から佃煮を仕入れて行商をした。学校の授業料や教科書代は、それで支払っていた。食事は店の売れ残りや、残飯で一応しのげた。タミは恭介に雨露をしのがせてくれたが、恭介を養ったと言えるだろうか。二人は四年ちかく一つ屋根の下で暮したが、母でもなければ子でもなかった。

タミの多情は、そのころになってもおさまらない。毎夜のように店の客を床の中へ引張り込んで、痴情のかぎりをつくした。高等小学校二年生の夏のある夜、恭介はふと眼をさますと、パンツをずりさげられた自身の下腹部の上にタミが顔を押し当てているのに気づいたが、そのうちにふうっと得も言われぬ快感にみまわれて、いつの間にかふたたび寝入ってしまっていた。自分の身体の上にタミが馬乗りになって眼尻を吊りあげながら汗びっしょりになっているのをはっきり意識したのは、それからさらに数日後であった。タミは、一と晩でも男なしではいられぬ女だったのである。

(——大人の女はきたない)

そういう思い込みが固定観念になったのは、そんなことのあった結果であった。

それでも恭介は我慢して、高等小学校を卒業した。そして、卒業証書を受取ると、その翌日、ろくに顔も知らなかった大崎に住む叔父——父の実弟をたずねた。恭治というその叔父は、漁師をきらって早くから国鉄へ入って、そのころ大崎機関区につとめていた。恭介がその叔父のつてで鉄道員になったのは、そのころ高小卒でなれる役人としては鉄道員以外になかったからで、彼としては鉄道が好きだったと言うよりも一生食いっぱぐれのない、定年後も恩給のもらえる役人になりたかった。そして、機関助手から抜擢されて運輸事務所にまわされていたとき海軍から召集を受けたのであったが、北海道から九州に至る全国の鉄道路線とその主要な駅名をほとんどことごとく暗記してしまったのは、いつかなにかの役に立つことがあるかもしれないという漠然たる期待にそなえての、心の準備のような動機からであった。

海軍から召集を受けた恭介は衛生兵を命じられて、横須賀海兵団の団内医務室に配乗された。そして、二衛（二等衛生兵）から一衛に進級してようやく注射が打てるようになったころ敗戦をむかえると、復員の前夜おなじ班の一衛とともに二等兵曹の引率で本院の横病《よこびょう》――横須賀海軍病院へ連れて行かれて、公用と書いた腕章を渡されたあと、大量の医薬品を積んだ大八車の梶棒をひかされた。もう一人が、後押しをした。それほど荷は重たかったわけである。目的地は田浦に近い長浦湾の海岸で、そこの桟橋に繋留されていた一艘の艀《はしけ》に荷を移すと、お前等はこの荷車を輓《ひ》いて横病へ戻れ。そして、荷車を先刻の場所へ返したら団内医務室へ帰っていいが、ここへ来たことや何を積んで来たかは誰に訊かれても口外してはならない。喋ったら、明日の復員は取り消しになって、いつ帰れるかわからなくなる。

「これは、その口止め料だ」

そう言って二人に手渡されたのが、ヒロポンとよばれていた大量の覚醒剤である。ヒロポンは突撃する特攻隊員の昂奮剤、もしくは軍需工場などで徹夜作業に従事する工作兵や工員たちに配給されていたもので、二等兵曹はさらに、薬品は湿気をきらうので、復員のときには飯盒《はんごう》の縁へ紙の詰めものをした上で蓋をしたら、その蓋が開いてしまわぬように紐で縛って帰宅しろと注意することも忘れなかった。

復員のときには腕章がないから、どこかでつかまるのではないか、つかまって発覚するのではないかと恭介は心配したが、戦後の軍隊の乱脈は彼の想像をはるかに大きく越えていた。毛布や軍服、食料品などを小山のように積み上げて背にくくりつけただけではまだ足りなくて、罐詰や靴下などをぎっしり詰めたアルミの食罐を両手にぶらさげている兵ですらとがめられなかったほどなので、ヒロポンを二つの飯盒に口切り一杯入れていた恭介も、海兵団の団門をなんなく通りぬけられた。

東京は一面の焼野原と化していたが、新佃島の家は奇蹟的に焼けのこっていて、近所でも火災をおそれて避難したためにかえって焼死したり、逃げ場をうしなって川へとび込んで溺死した者がいたのに、タミはしぶとく生きていた。

「きたねえ。婆ァ近寄るな」

恭介を見ると、両手をひろげるようにして喜びを顔にうかべたタミにむかって彼の口から出た復員後の第一声は、そういうものであった。そして、そのたった一と言が、戦後の二人の位置をはっきり決定した。タミの多情は戦後もおさまらなかったが、恭介にはおそれて近づかなくなった。

応召中、彼は上等兵にさそわれて一度だけ横須賀の安浦という売笑窟へ行ったことがあったが、襟首に真白く白粉を塗りたくっている女が紅い長襦袢の袖から出した腕を自分の頸に巻きつけようとしたとき、

「よせ、よさねえか」

と言ったのと同時に、女のよくしなう右手の掌で痛烈な平手打ちを喰った。それは、その女を特に嫌ったとか、醜いと思ったからではなくて、一瞬少年の自分をもてあそんだタミを思い出したからであったが、性衝動にも条件反射といったものがあるのだろうか。

もともと鉄道が好きだったわけでもないので、戦後は復職もせずにぶらぶらしていると、陸軍から復員して来た小学校時代の同級生にたのまれて、浅草の田原町近くで

汁粉の露店の手伝いなどをしていたが、さそわれるままに向島の須崎町まで都電で行って鳩の街を歩いたときにも、まったくその気が起きなかったために、友人が一軒の店へ入ったのを見とどけて帰って来てしまった。すべての成人の女性がタミのイメージに結びつくというわけでは、かならずしもない。が、原因はどうあれ、結果として言えば、恭介がなんとなく女嫌い——すこしでも媚を売る気配のある女を好まなくなっていたことは否めなかった。その嫌いな女のシンボルが、彼にとってはタミなのであった。逆に言えば、タミと正反対の存在に、いつか彼は憧憬に似たものをいだくようになっていた。

それからも、ずいぶんさまざまな商売を手伝ったり、ヤミ屋まがいのこともした。食うに困ることはなかったのに魔がさしたのは、戦後一年あまりも経過した今月に入ってからのことである。

「手が足りなくて困ってるんだけど、遊んでるっていうんならちょうどいいや、手伝ってくんないかなあ」

団内医務室にいた当時の兵長で、梨元という男にひょっこり神田通りで顔を合わせて喫茶店へ連れ込まれたときに持ちかけられた仕事というのは、目白警察のすぐ傍にある豊川という大商事会社専務自宅の清掃作業であった。梨元が中学時代の友人と共同経営している清掃会社というのは、焼け残ったビルや、ちょっとした邸宅では、戦時中から事務室や座敷の手入れをおこたってきたため、天井や窓ガラスのよごれがひどくなっているのに眼をつけて掃除を引受けるという仕事をはじめたところ、それが意外に受けて、いくら人をやとっても手不足の状態がつづいている。ずっと働く気がなければ、すぐ辞めてくれてもかまわないが、目白の豊川という家は近々に自宅へ客をよぶことになっているため矢の催促を受けている。お礼ははずむつもりだから、力を貸してくれと頭をさげられた。戦時中には精神注入棒《バッター》で毎夜のように尻っぺたを殴られていた兵長に頭をさげられたのも、悪い気持ではなかった。

恭介が自転車の荷台に継棹式のモップや洗剤や束子や雑巾などを縛りつけて、もう一人の男と二人で目白の豊川邸へ出向いたのは九月二日のことであったが、意外に大きな邸宅で、仕事に慣れている相棒の予想どおり、二人で朝から夕方まで身体を動かしても完了までには三日かかった。

公立の小学校は九月一日が二学期の始業式だが、私立小学校のばあいは八日だとのことで、学校がまだ暑中休暇中のためか、恭介と相棒が昼食の弁当をつかっていると、その家の次女で六年生だという子供がなにかと話しかけて来て、いわゆる饒舌のせいかこちらが訊ねもしないことまで語りきかせた。それによると、妙子というその少女は戦時中鵠沼《くげぬま》の別荘へ疎開していたために片瀬の芙蓉学園へ入って、戦後から目白駅の傍にある私立女学校の付属小学校へ転校したのだそうで、疎開中の同級生であったという杉富ゆたかの名や、ゆたかが級長をしていたことなどを恭介が知ったのも、彼女の問わず語りからであった。

「それは、とてもおきれいな方なの。あんなお美しい方なんて、今の学校にはお一人もいらっしゃらない」

妙子は戦争の終結によってはなればなれになってしまったゆたかの面差しを追いもとめていたのか、遠方を見るようなうっとりした眼差しになった。そのつぶやきが、恭介にいわば決心をさせたのだから、魔がさしたと言うよりほかはあるまい。

恭介は横須賀線で戸塚まで行って杉富家を検分したあと芙蓉学園のある片瀬へまわって、ゆたかが朝は自宅から下級生の妹とともに自家用車で藤沢まで行って、藤沢から小田急江ノ島線の電車で登校していること、放課が妹とはズレる下校時には級友たちと藤沢から湘南電車で帰宅していることなどを、主として藤沢と戸塚の両駅で、かなり遠距離からではあったが、長時間ネバッてしらべている。そのためには三日間をついやしたが、片瀬には一度しか行っていなかった。当人はもちろん、級友たちにも自身の姿や顔をおぼえられてはならぬという配慮のためで、一週間も前から学校付近を徘徊していたという級友の証言は、警察や新聞社の行き過ぎによる事実誤認と言わざるを得ない。

豊川家の清掃が終ったのは九月四日で、恭介がゆたかにはじめて声をかけたのは十七日だから、彼はそのあいだに可能なかぎりの調査をつくして、あらゆる準備をととのえた。

目的はもちろん誘拐であり、誘拐に成功したら身代金をせしめようという計画であったが、身代金を入手できるまでには幾日かかるか、それは計算が立てられるものではないので、持久資金をつくる必要を感じて、ヤミ屋仲間からワタリをつけてもらったバイニンをさがし当てると、新橋駅近くの路上で例の覚醒剤を金に換えた。そのあたりには、そういうバイニンがたむろしているという知識を、恭介はヤミ屋まがいのことをしていた時分の仲間から小耳にはさんでいた。

二等兵曹の注意にもあったように、薬品はなによりも湿気をきらう。はじめ恭介は錠剤を幾つかの茶罐に移したが、佃島一帯の空気はなんといっても潮気をふくんでいて、金属は銹《さ》びつく。乾燥剤を入れた袋に移し替えたり、容器の臭気が移らぬように細心の注意をはらって保存につとめたので、商品価値のさがっていなかったことが大きくものを言った。それに、そのころの市中には催眠剤のアドルムとともにヒロポンが大量に出まわっていたが、密造される粗悪なアンプル入りの注射液には雑菌のまじっている危険性があったし、錠剤となると市販のヒロポンは粒が小さくて薬効も低いのに反して、海軍のイカリマークが刻印されている覚醒剤は粒も大きくて薬効は市販品の比ではなかったから、予想外の高値に売れた。それまでにも恭介はそれを何度か小出しに密売していたが、そのときの体験で飯盒の一杯分ぐらいをそっくり売れば、かなりまとまった金が入ることはわかっていた。

その残りを、恭介は上野発直江津行の列車に乗ってから服用していたので、今夜は恐らく眠り込んでしまうことはないはずである。

3

篠ノ井線に乗り換えて松本へ到着したのは、まだ夜の明けぬうちのことであった。

九月中旬だというのに碓氷《うすい》峠にさしかかってからこちらは、もうすっかり秋の気配である。車中で服用した錠剤の効果で昨夜はついに一睡もしなかったのに、まだ頭脳は冴えている。こんな時代でも駅前には列車のダイヤに合わせて早朝から営業を開始している店が何軒もあって、二人は一膳飯屋のような店へ入ると、味噌汁のほかに川魚と山菜を煮つけた副食と形ばかりの漬物が添えてある朝食で腹ごしらえをした。豆腐の味噌汁の中には、銀色に頭が光る煮干が一尾入っていた。四日目の朝をむかえて粗食にも慣れてきたのか、昨夜上野で一人前の鮨も食べ終らぬうちに店をとび出して以来なにも食べさせていなかったゆたかは、なんとかその食事も喉を通した。

二十日付の朝刊を買ったのはその後のことだが、このときにも恭介はゆたかの眼をおそれて新聞をひろげていない。そして、あてずっぽうに歩いていると、烏城とよばれている黒く塗られた五層六階の天守閣と櫓《やぐら》をもつ松本城の堀端へ出た。そして、そのベンチに坐っていたとき、ゆたかが堀の水をのぞき込みに立って行ったわずかな隙をみて、大急ぎで紙面に眼を通した。

恨みからか

杉富ゆたかさん誘拐事件

そういう見出しのある「鎌倉発」の報道は、ほぼ次のように記されている。鎌倉署ではゆたかの足取りが消えた江ノ電の腰越駅付近を中心に七里ヶ浜裏山一帯を捜索したのち、十九日——すなわち恭介が稲毛の宿を出て上野駅から篠ノ井経由で松本にむかった昨日は朝から東京をはじめ各方面に捜査網をひろげたが、これといった新しい手掛りがつかめなかった上に、犯人の年齢にしてもゆたかの級友たちの印象からの割り出しに過ぎぬため、実際には少女たちの眼に映じた三十歳より三、四歳若いのではないか、いずれにしろ、犯人がその後もなんらの意思表示をしていないところをみると、単なる身代金ほしさの犯行ではなくて、杉富家の家庭ないし雇傭関係などからの怨恨ではないかと思われる線が強くなった、というものであった。

が、恭介になにがしかの危機感をいだかせたのは、やはりゆたかの級友たちからの聞き込みないし取材をかさねたらしいもう一つの「鎌倉発」とある記事で、それには犯人の右眼の下にホクロがあって、唇の端に小さな赤痣《あかあざ》があるという証言であった。

この記事によるショックは、それ以後の彼の上に徐々にあらわれている。

しかし、恭介はまだ逃亡の先々を考えめぐらして、あきらめていたわけではない。

二人で堀端をゆっくり一周してからふたたび駅前へ引き返して来ると商店も店をひらいていたので、日中は夏服でもしのげるものの朝夕のガタンとさがる気温の低さを思って、彼は洋品店へ入るとゆたかのために紺色のVネックのスエーターを買った。おなじサイズのものは二種類あって、店頭で着用させてみるとピンク色のもののほうが可愛らしかったし、ゆたかにはよく似合ったが、派手な色彩は逃避行にふさわしくないという理由で紺のほうをえらんだ。

恭介が自身の耳を疑ったのは、その次の瞬間である。

「お兄ちゃんのは」

ゆたかが恭介の顔を見上げながら、彼の分は買わなくてもいいのかとたずねたのである。

思わず胸がいっぱいになった恭介の右手がのびて、そこのガラスケースの中に積んである野球帽を指さしていた。たとえ紺色のスエーターを着せてみても、ゆたかはやはり少女であって少年ではない。男ではなくて女だから、今の学童帽を脱がせて野球帽をかぶらせたら、と恭介は考えた。

(——一日でも、二日でも長くこの子といっしょにいられるようにするためには、男

の子に変装させるのも一つの手ではないか)

そう考えると、戦時中にはゆたかも防空頭巾をかぶってモンペを穿いていたに違いないというほうへ頭がいって、事のついでに男子用のズボンも買った。が、その店でスカートと穿き替えさせては店員にいぶかしがられるおそれがあるので、そのほうは宿へ着いてからでもいいとして、そのままその店を出てから、スエーターはともかく、野球帽とズボンは別の店で買うべきだったとたちまち後悔したが、いつの場合も一回おかした失敗は取り戻せない。買ったものを返しに行けば、いっそう印象を強めるばかりである。ズボンだけは穿かせても、野球帽は絶対にかぶらせまいと思い直して、また映画館で時間つぶしをしてから、駅に近い深志《ふかし》町の旅館へ行くと、そこでは米を持参するか、米穀通帳を所持していない者は宿泊させないと拒否されたため、市街地をややはずれた場所にある古ぼけた安宿で靴を脱いだ。

しかもその宿では、追加料金さえ払えば翌日の昼食もさせてくれるということであったから、恭介はその料金を前払いしておいて、翌二十一日の朝食をすませると一人で宿を出て、駅の売店で新聞を買った。前日ゆたかが松本城の堀端で自分からはなれて堀の水をのぞき込みに行ったのを思い出して、もう一人にさせておいても大丈夫だと信じたからであったが、やはり心配でないことはなかったので、待合室の椅子に腰をおろすなり急いで新聞をひらいて、ぎょっとした。

犯人の目星つく

ゆたかさん誘拐事件

という見出しがあったからにほかならない。東京からはなれた長野県の新聞にも出ているほどなのだから、恐らく東京では――いや、この地方でも昨日からラジオ放送があったことだろう。右眼の下のホクロと唇の端にある赤痣という二点から、あの妙子が気づいたらしい。昨日の新聞を見た目白の豊川家からの通報があったとのことで、清掃店に問い合わせた結果、小倉恭介という氏名も突き止められていて、杉富ゆたかさんについては自分がその男に話したという妙子の談話まで掲載してあった。

(――が、しかし、警察はまだその後の自分たちの足取りをつかんでいるわけじゃない)

駅の屑籠にその新聞を棄てた恭介は何喰わぬ顔をして宿へもどると、ゆたかと昼食をとってから、午後二時三十分発名古屋行の上り列車に乗った。その列車は林檎の買出し客などでごった返したため、名古屋に到着したのは定刻より五分遅れの九時十分であった。

恭介も、ゆたかも、その時点ではまったく知らなかったのだが、実はこのとき途中駅の塩尻から乗り込んで来て、やはり途中駅の南木曽《なぎそ》で下車した一人の女性がいた。菅原サトというその五十四歳の商家の主婦は塩尻の親戚の家でその日の新聞を読んで、前々からゆたか誘拐事件に異常と言っていいほどの強い関心を寄せていたために、犯人の右眼の下にはホクロがあって唇の端には赤痣のあること、誘拐された令嬢が面長で上品な顔立であることをはっきり記憶していたので、たまたま二人と同じ車輛に乗り込むなり恭介たちを見てすぐぴんと来たというのであった。が、サトはよほど慎重な性格の所有者だったとみえて、南木曽で下車するなり駅員に告げるか駐在所へ駆けこむなりしていれば手配はもっと早まっていたはずであったのに、彼女はいったん帰宅してから自家に配達されていた新聞をもういちど読み返して、犯人に間違いないと確認してから娘の婿に事の次第を話して、その婿が駐在所へ報らせたために、手配はそのぶんだけ遅れる結果になった。

名古屋で一泊した恭介は、二十二日の新聞を、今度は街頭で買っている。が、その紙面に関するかぎり、今もって自分等の足取りが当局につかまれていないことを確認できただけであった。すなわち、菅原サトの通報はまだ紙面にあらわれていなかったのである。

その日恭介が名古屋市内のあちらこちらの店で、自分のためには国防色の作業服と、樹木の枝を払ったり幹を切り倒すための革のケースがついたキャンプ用の鉈《なた》をもとめて、ゆたかと自分のために防水のきくハイキング帽を買ったのは、前日の松本での衝動的な買物での失敗を反省したからで、ゆたかに男装をさせるつもりで買った野球帽は結局かぶらせることを断念したためであったが、せっかくズボンを穿かせても皮の女靴では頭かくしてに過ぎなくなるので、男子用の運動靴も買った。そして、次の目的地を木曽山中とさだめたのは、うまく捜査の手をすりぬけることに成功すれば、木曽路から岐阜県の下呂《げろ》へ出て、さらにタミも知らない遠縁の親戚がいる金沢をめざすつもりであったし、時と場合によってそれが危ないようなら木曽路から御嶽《おんたけ》山の山ぶところ深くへ入って、山窩《さんか》のような生活でもしてみようかと思ったからである。作業服や鉈はそのためにそなえたものであったが、彼にそんな計画を樹てさせた動機は二つあった。

一つは、事件が最初に報道された十九日付の新聞に出ていた角間温泉に滞在中のゆたかの父杉富茂兵衛の談話で、事件が五里霧中である以上、急いで横浜市の自宅へ帰っても仕方がないという冷たさであり、もう一つは自分が今度の事件をひき起すことし以前から連日のように新聞紙上を賑わしていたYという殺人鬼の事件であった。おなじ海軍出身とはいえ、自分のように召集を受けて否応なしに軍隊生活を強いられた応召兵とは違って、戦前の海軍へみずから積極的に志願して入ったYは、戦後の食糧難につけ込んで、自分にはいい手蔓《てづる》があるからとだまして二十歳前後のいわゆる妙齢の女性ばかり何人も買出しに連れ出しては、山林や草叢の中で暴行をくわえて次々に殺害している。その数も十名を越えているという残忍なもので、恭介の誘拐が報道された最初の日の新聞の見出しが「娘の恐怖時代　誘拐しきり」となっていたのも、そのためである。

そんな男と、自分とはまったく違う人間だという思いが恭介にはあった。片瀬へ行ってゆたかを誘拐したとき、財閥の杉富家から多額の身代金をせしめようとしていた魂胆は事実で、それは否定すべくもない。が、Yのように殺害や暴行はおろか、いたずらをしようという気持はかけらほどもなかった。いや、それ以上に、なんとしても警察の手をのがれたいという恭介のねがいは、たとえ一日でも、せめて一時間でも長くゆたかといっしょにいたい、ゆたかを自分の手許から放したくないという一筋につながっていて、やや過言ではあるものの、身代金などはもうどうでもいい、そんなものは要らないという気持にすらなっていた。

前科のない犯人のばあい手配写真もないし、戦時中から戦後にかけてはカメラやフィルムの入手難から、たいていの日本人がスナップ写真ひとつ撮っていなかったので、たとえ新佃島の家へ行っても警察は恭介の写真を押収できなかったためだろう。変装というほど大がかりなものではなくても、名古屋駅では上野駅のとき以上に警戒が厳重だったのにもかかわらず、作業服を着て登山帽をかぶった上に、口許の赤痣をかくすべく喫いもしない両切煙草のコロナを買うと、それを横ぐわえしていた恭介と、登山帽に紺のスエーターとズボンに運動靴を履いていっけん少年のように見えるゆたかを、捜査陣はまたしても見のがしてしまった。

その後の二人の足取りをたどってみると、彼等は午後六時九分名古屋発の普通列車に乗り込んで、七時四十分に中津川で下車、同駅前から発車している私鉄——北恵那鉄道に乗り換えて同駅を七時五十分発、八時三十五分に終着駅の付知《つけち》へ着いている。付知は木曽川の支流である付知川沿岸の山襞《やまひだ》と言っていい山間の狭隘《きょうあい》な平地にある集落で、そのあたりは木工細工の生産地であったから、北恵那鉄道も、乗客よりは木曽山林から切り出される木材や木工製品の搬出を主目的として敷設されていた路線にほかならなかった。

もっとも、恭介にしてみれば、鉄道員時代に日本全国の鉄道路線を片端から空暗記したとき、そういう私鉄があることを承知していただけで、路線開設の原因まで知っていたわけではない。そんな知識は、たまたま中津川からおなじ電車に乗り合わせた五十歳がらみの男から聞き知った俄か仕込みで、そのあたりでは中津川のことを中津とよんでいることもそのとき得た知識でしかなかったから、男の氏名も、職業も、その時点では知らなかった。いわばゆきずりの仲で終って不思議のない間柄でしかなかったのにもかかわらず、男はみずからその一線を、ほんのわずかながら踏み越えた。これからどこへ行くのかと問われるままに、付知へ着いたらバスに乗り継いで下呂へ行くつもりだと答えると、こんな時刻ではもうバスがない。付知で泊るとすれば上見《あげみ》屋という旅館が一軒あるきりだから、今夜はそこへ泊って下呂へは明日の朝行くより仕方がないが、自分の家はその上見屋のすぐ近くにあるから案内してあげようと言われて駅を出ると、道幅のせまい街道の両側に建ちならんでいる木工所や商店はすでにどの店も戸を閉めて、ところどころに街燈だけがぽつんとともっているだけであった。松本より、気温はさらにいちだんと低いようだ。

「寒いか」

恭介がたずねると、ゆたかは首を振った。

「宿屋は、すぐそこだからね」

男も、脇からゆたかに言った。

東京のような大都会では、天井知らずのインフレーション、食糧不足、性風俗の混乱等々から人心がすさみきっていたし、農民は作物の売り惜しみによる増収に味をしめていよいよ物慾だけの人間と化してしまっていたが、山林を生活の拠りどころにしているせいか、その男にはまだ戦前の日本人らしさがのこっていて、上見屋までいっしょについて来てたのみ込んでくれたが、その夜はすでに大阪方面から木材を買い付けに来た業者で満室だということで、宿泊は受け容れられなかった。恭介一人なら野宿を覚悟で、そのまま舞台峠越えの夜道を下呂にむかって歩きはじめていたはずであったのに、寒さで肩をすくめているゆたかを見ては、強行もかなわなかった。見かねて、そのおなじ通りで雑貨商をいとなんでいる根本幸吉という名のその男からすすめられるままに、彼の家の二階で一夜をすごさせてもらったのは、そんな事情のためであった。

が、しかし、寒村と言っていい小さな集落では、どれほど小さな出来事もたちまち住民のあいだに伝わってしまう。前日から長野県と岐阜県、ならびに愛知県の広域にわたって手配がゆきわたっていたという事情もあったが、昨夜上見屋で少女連れの青年が宿泊をことわられて根本商店に泊ったという噂は警察にも知れていた。根本商店に中津署員が踏み込んだのは、恭介たちが泊り込んだ翌朝の午前六時十分である。署員は中津川から乗ってきたジープを付知駅前の広場に置いて、徒歩で根本商店に行き着いている。

「小倉恭介だな」

夜の早い土地では、朝も早い。雨戸を開けはなした廊下から畑地越しに周辺の山々の稜線が見える階下の奥の間で、ゆたかとむかい合って朝食をふるまわれていた恭介は、無言のままゆっくりうなずいた。そして、捕縄をかけられるときにもまったく抵抗しなかった。

ゆたかはひきつったような表情で立ちつくして、一と言も喋らなかったが、前夜店の土間で脱いだ靴を履き終った恭介が刑事に背を突かれて道路のほうへ一歩踏みだすと、突然狂ったように叫んだ。もう一人の刑事が背後から抱きかかえているのを振り切ろうとしながら、彼女は泣き叫んだ。

「いや、お兄ちゃんを連れて行っちゃ、いや。あたしは、お兄ちゃんといつまでもいっしょにいたいの。お兄ちゃんは、あたしになにもしませんでした。映画を観せてくれたんです。化粧袋を買ってくれたんです。スエーターも、帽子も、ズボンも、運動靴も買ってくれたんです。あたし、お兄ちゃんが、大好きなんです」

恭介はそれらの言葉を一つ一つかみしめながら、しかし、一度も振り返らずに、ジープのほうへむかって歩をはこんでいた。

日常と時代の大爆発

井上ひさし

上質のサスペンス

挿話のないのが挿話、別にいえば平凡、これが自伝を編もうなどとは決して企てたりしない庶民の特徴だが、野口冨士男の『風のない日々』（文藝春秋）は、主人公である三流銀行の行員の無挿話性を克明に記録し、そこでかえって、長火鉢《ひばち》の銅壺《どうこ》が灰で汚れたままになっていた、という一見とるに足りぬ小事件で大爆発してしまう主人公の活写に成功した。これは近ごろ稀《まれ》にみる、おそろしいサスペンス小説である。

ただしこの小説は速読してはならない。じっくりと読み、主人公の、《秀夫は八時十分前になると自分で起きてきて、台所の流し台の前で洗面をすませる。（略）／いったん割烹着をはずした光子と差し向いでニス塗りの円い小さな食卓について、朝食をはじめるのは八時五分である。／食事が終ると、秀夫は用便をすませてからふたたび茶の間へもどって、エアーシップをふかしながら膝の上にのせた「時事新報」をすこし背をまるめるようにして読む。（略）／そのあいだに、もういちど割烹着へ袖を通した光子が食器を片づけはじめると、煙草をすいおわった秀夫は洋服簞笥が置いてある二畳の玄関の間へ行く。／靴下、ワイシャツ、ネクタイ、カフスボタン、ハンカチーフ、塵紙は洋服簞笥の前に、財布と蝦蟇口、懐中時計、万年筆は茶の間に置かれている長火鉢の猫板の上に光子がそろえておくが、秀夫は着替えをてつだわせたことはない。（略）支度を終った彼が玄関の上りがまちに腰をかけて編み上げ靴をはきはじめると、光子は一応手拭でふいた手をさらに割烹着の裾のあたりでふきながら台所から出てきて、畳に膝がしらを突いた姿勢ではきおわるのを待っている。しかし、秀夫は立ち上っても振りむかないので、彼女も送られた挨拶をやむなく背後から返すことになる。／「行ってきます」／「行ってらっしゃい」／特別な用事ないし話題のないかぎり、それが毎朝めざめてから二人のあいだにかわされる最初の言葉であった。それまでは、一と言も口をきかない。が、いさかいをしたということもなかった。》というような判でおしたような日常と、よく馴染むことが必要だ。主人公は夜遊びをするわけでもなく、銀行からまっすぐ三間の借家へ戻ってくる。事件はといえば、集金（主人公は集金掛である）を二銭まちがえてほとんど絶望し、酒を買ってきて酔いつぶれて寝てしまったことが一度あったぐらいである。

風俗史の断片挿入

こうした「風のない日々」のリアルな描写の積み重ね（だがすこしも退屈ではなく、むしろわくわくするようなリズムがある）の間に、社会風俗史の断片がぽんぽんとはさみこまれる。はじめは、歴史の断片は主人公の杓子《しやくし》定規の日常と合わないような印象をうける。まるで水と油だ。だがやがてこの両者が火と油にかわる。主人公の日常を時代が支え、時代は主人公の、それも無数の主人公たちの単調な日常が寄り集まったものであることがはっきりしはじめるからだ。「これでは何か起こらずにはいないぞ」と読む者は思う。「ではいったい何がおこるというのか」。上質のサスペンス小説である、と名付けた理由はここにある。

何がおこったのか、それはこれからお読みになる方のために伏せておくべきだろう。ただ小説の末尾の三行が重要である。《ふたたび言えば、その日は昭和十一年の一月十五日であったから、二・二六事件の生じる四十二日以前である。昭和六年に満洲事変が勃発して、十五年戦争に入ってから五年目の正月であった。》

時代そのものが大爆発をおこす寸前のところへさしかかっていたのだ。社会風俗史の断片の挿入という手法が末尾で一気に結実する。見せかけの自我意識が、たやすく国家に吸収されてしまうことを、この小説は鋭く剔出《てきしゅつ》する。

（いのうえ・ひさし　作家）

（『朝日新聞』一九八一年五月二十七日）

解説

実際の事件を材料にした二つの客観小説

川本三郎

野口冨士男は一般には私小説作家と評されることが多いが、他方で意外なことに、古い言葉になるが客観小説も書いている。自分以外の人間を主人公にする。その代表的な作品が『風のない日々』と『少女』になる。これに、最近になって七十余年ぶりに単行本として陽の目を見た『巷《ちまた》の空』(田畑書店、二〇二一年)を加えてもいい。

野口冨士男は評論家としても評伝『徳田秋聲伝』『わが荷風』を書いているし、斎藤緑雨を描いた『散るを別れと』、小栗風葉を描いた『誄歌《るいか》』、あるいは不遇の画家、藤牧義夫を辿った『相生橋煙雨』といった伝記小説も書いている。決して私小説作家の枠にはおさまらない。

『風のない日々』と『少女』はなかでも異色で、どちらも犯罪を描いている。私小説作家としての野口冨士男しか知らない人間がこの二作を読むと、野口冨士男はこんな小説も書いていたのかと驚くかもしれない。

『風のない日々』は、昭和九年から十一年にかけての東京を舞台に、市井の平凡な銀行員が、自分でも思いがけないことに、結婚して二年もたたない若妻を殺してしまう事件を扱っている。

実際に昭和十一年一月に豊島区の巣鴨で起きた事件をもとにしている。同年一月十六日の「朝日新聞」は社会面のトップに大きく「留守居の美人若妻　白晝絞殺さる」と報じていて、花嫁姿の被害者の写真も掲げられている。昭和十一年といえば二月に二・二六事件が起きることで分かるように、日本の社会が「暗い昭和」に入ってゆく時である。

当時、二十五歳の野口冨士男は同じ東京生活者としてこの事件に興味を抱いたのだろう。のち昭和五十五年一月号から九月号の「文學界」に掲載された。おそらく調書を見ることが出来たのだろう、事件にいたるまでの市井人の暮しを丹念に辿っている。「暗い昭和」を二・二六のような軍人の引き起した大事件ではなく、平凡な勤め人の日常のなかで起きた犯罪によってとらえようとしているところは、私小説作家の野口冨士男らしい。地を這うような生活者の目で、事件を再現してゆく。

「しかしこのころは、一般にいわゆる暗い時代であった」という佐多稲子の言葉が冒頭に掲げられている。

野口冨士男の文章を引用すれば、「昭和初年代は、慢性化した不況と、いつ拡大されるかもしれぬ事変という名の戦争に対する漠然たる不安と、次第に高まるファシズムの跫音《あしおと》のいっぽうで、風俗的にはモダニズムとしての刹那《せつな》的で軽佻《けいちょう》なアメリカニズムが頽廃《たいはい》的に瀰漫《びまん》していた時代である」。

主人公の鈴村秀夫は、銀行のなかで一流とはとてもいえない東都貯蓄銀行の巣鴨支店に勤める、得意先係の行員。学歴はなく、給仕からようやくここまできた。この先、たいした出世も望めない。

加えて出自にも問題がある。実の母親さえ憶えていない年齢で他家にもらわれた。幸い養家が可愛がってくれたが、自分はまともな出自の人間ではないという思いが秀夫を萎縮させた。

野口冨士男の小説の大きな特色は、登場人物の暮しを細部にわたって細かく書き込んでゆくことにある。どんなところに住んでいるのか。稼ぎはいくらあるのか。どんな仕事をしているのか。そこから地誌、経済生活、生活風俗が浮かびあがり、昭和初年の市井人の暮しの実態が見えてくる。

「巣鴨支店には支店長以下十二名の行員がいて、その正月（昭和十一年）で数え年の三十一歳をむかえた秀夫はほぼそのまんなかにあたる第七席であったが、（中略）中卒に相当する夜間商業出の彼の東都貯蓄銀行における本俸はここ二年ほど四十六円でしかなかった」。

野口冨士男は、秀夫の経済状況を克明に書くことによって彼が銀行員とはいえ、薄給の下積みであることを明らかにしてゆく。

秀夫は昭和九年に、東京府の役所に勤める堅い家の娘、光子と見合い結婚をしたが、その前に一度、結婚し、失敗している。

相手はチヨノという山形県の山村出身の女性。撞球《どうきゅう》場（ビリヤード場）で働いているときに知り合った。ちなみに撞球は戦後すたれたが、この時代は盛んだった。カフェと同じく、前述の野口冨士男の言葉でいえば「刹那的で軽佻なアメリカニズム」のあらわれである。

チヨノは貧しい村から東京へ人を頼って出て来て撞球場で働いていた。当時のモダンガールらしく断髪にしていてどこかコケティッシュなところがある。秀夫はそこに惹かれ、結婚することになった。

昭和初期は現代と違って男女が出会う場所は限られている。撞球場で働く女性といえば水商売とさほど変らないが、秀夫は、モダンガールに見えるチヨノの性的魅力に惹かれた。二人は結婚するのだが、もともと生きていた世界が違う。一年ほどで別れることになってしまう。

野口冨士男は、昭和初期の青年である秀夫の性生活も書き込む。銀行の社員旅行で伊香保に行ったとき、酌婦《しゃくふ》同然の女とはじめて身体を合わせたこと。チヨノと別れたあと同僚に誘われて、東京の花街のなかではとても一流とはいえない白山《はくさん》で芸者遊びをしたこと。チヨノと別れたあと未練がましくチヨノの写真をみて「独りで自身をよごした」こと。現代と違って、昭和初期の都会生活の性生活が、いかに窮屈なものだったか。野口冨士男はそこもきちんと押さえている。

そして、「美人若妻殺し」の遠因には、この息苦しい性生活があったことも見逃していない。秀夫が妻の光子に隠れて、「犯罪科学」という、女性が男に鞭打たれている絵が入っているような雑誌を読んでいることも、当時が、「エロ・グロ・ナンセンスの風潮が一世を風靡した時代」だったことをあらわしている。

秀夫と光子の結婚生活はうまくゆかない。光子は見合いの時から秀夫の愛想のなさを嫌っている。ただ、始めから結婚そのものに期待もしていなかったので父親のいうままに、いわば仕方なく結婚した。一方、秀夫のほうも、光子が前のチヨノに比べれば、はるかにいい妻であることは分かっているが、性的には奔放だったチヨノに対し、光子があまりに性の歓びを示さないのにいらだつ。

二人のあいだに心がかよった会話はない。冷えきってゆく。秀夫は、所帯持ちのいい光子と結婚して貯金も増えているのに、「精神的にはさまざまなものをうしなった」と感じる。自分は「(——抜け殻だな、まるで)」と思う。

一方、光子のほうも、口数が少なく陰気な夫のことがよくわからない。すれ違いの夫婦は、当人たちが気づかないうちに、破局へと進んでゆく。

犯罪を描いているが、この小説はいわゆるミステリではない。ミステリが殺人という結果へ筋道が通っているのに、この小説で秀夫が妻の光子を殺してしまうのは、本人ですらなぜなのかよく分かっていない。ほんの些細な心の屈託の積み重ねが殺人、妻殺しという重大な結果をもたらした。その原因と結果の落差に驚かされる。通常のミステリ以上に人間の心の動きの不可思議に慄然《りつぜん》とさせられる。

the straw that broke the camel's back という英語の言いまわしがある。ラクダの背に大量のワラを積む。ワラの重みにラクダはなんとか耐える。しかし、最後に限界が来る。もう一本ぐらい大丈夫だろうと、一本のワラを加えるとラクダは倒れる。

『風のない日々』の、秀夫による妻殺しはこの「ワラの最後の一本」を思わせる。秀夫は、一年ほどの新婚生活に光子に不満を持っていた(そして光子のほうも)。そのころ、銀行の仕事で些細なミスをした。それで心がささくれた。家に帰ると、いつものように妻はかいがいしい。ところがその日に限って「銅壺の灰」を掃除していなかった。それが秀夫にとって「ワラの最後の一本」になった。

志賀直哉の名短篇「剃刀」を思わせる、日常のなかのさりげない恐怖を描いていて心震える。

『少女』も、私小説作家と思われてきた野口冨士男にしては珍しい、「私」とはかけはなれた客観小説である。

戦後の混乱期、昭和二十一年に起きた少女誘拐事件を描いている。復員兵の若い男が良家の令嬢、小学六年生の美しい少女を誘拐して連れ回したあげくに、逮捕された。

この事実も『風のない日々』同様、終戦直後に実際に起きた事件をもとにしている。昭和二十一年九月十九日の「朝日新聞」の社会面に大きく報じられている。作中にあるように、「娘の恐怖時代　誘拐しきり　学校帰りを誘ふ　杉富氏の長女謎の行方」とある。「杉富家」とあるのは、日本の大財閥である住友家のこと。鎌倉に近い片瀬の白百合高女附属初等科六年生の女の子（十二歳）が学校の帰りに何者かに連れ去られ行方不明になっていることを報じている。野口冨士男はこの事件に興味を持った。

「新潮」昭和六十年九月号に掲載された『少女』は、ゆたかという美しい少女を誘拐して各地を連れ回す男、小倉恭介の逃避行を描いている。

誘拐といっても小倉恭介は決してゆたかの身体に触れようとしない。むしろ一緒に旅を続けるうちに、この女の子を大人社会の汚れから守ろうとする。

誘拐犯の主人公にとっては十二歳の少女は美神であり続ける。この少女を汚さないように守らなければならない。野口冨士男は小倉恭介をけっして悪党として描いていない。むしろ少女に優しい。だからいつのまにか少女のほうは彼を「お兄ちゃん」と慕うようになる。

恭介は、岐阜県の小さな村で逮捕されるのだが、その時、少女が犯人をかばう言葉を発するのは心動かされる。

Stockholm syndrome という言葉がある。一九七三年にストックホルムで起きた銀行襲撃事件で、人質が犯人に共感したことから生まれた言葉で、被害者が加害者に心を寄せる心理をあらわしている。

『少女』の最後、恭介が逮捕される時、少女は叫ぶ。「いや、お兄ちゃんを連れていっちゃ、いや」。まさにストックホルム・シンドロームで哀切な叫びである。

繰返しいえば、私小説作家といわれることの多い野口冨士男が『風のない日々』『少女』という二つの犯罪を描いたすぐれた客観小説を書いていることは、注目していい。

（かわもと・さぶろう　評論家）

『風のない日々』関連地図（昭和10年当時）

枠で囲った場所は本文中から想定される地点であり、
特定の場所を示すものではない。

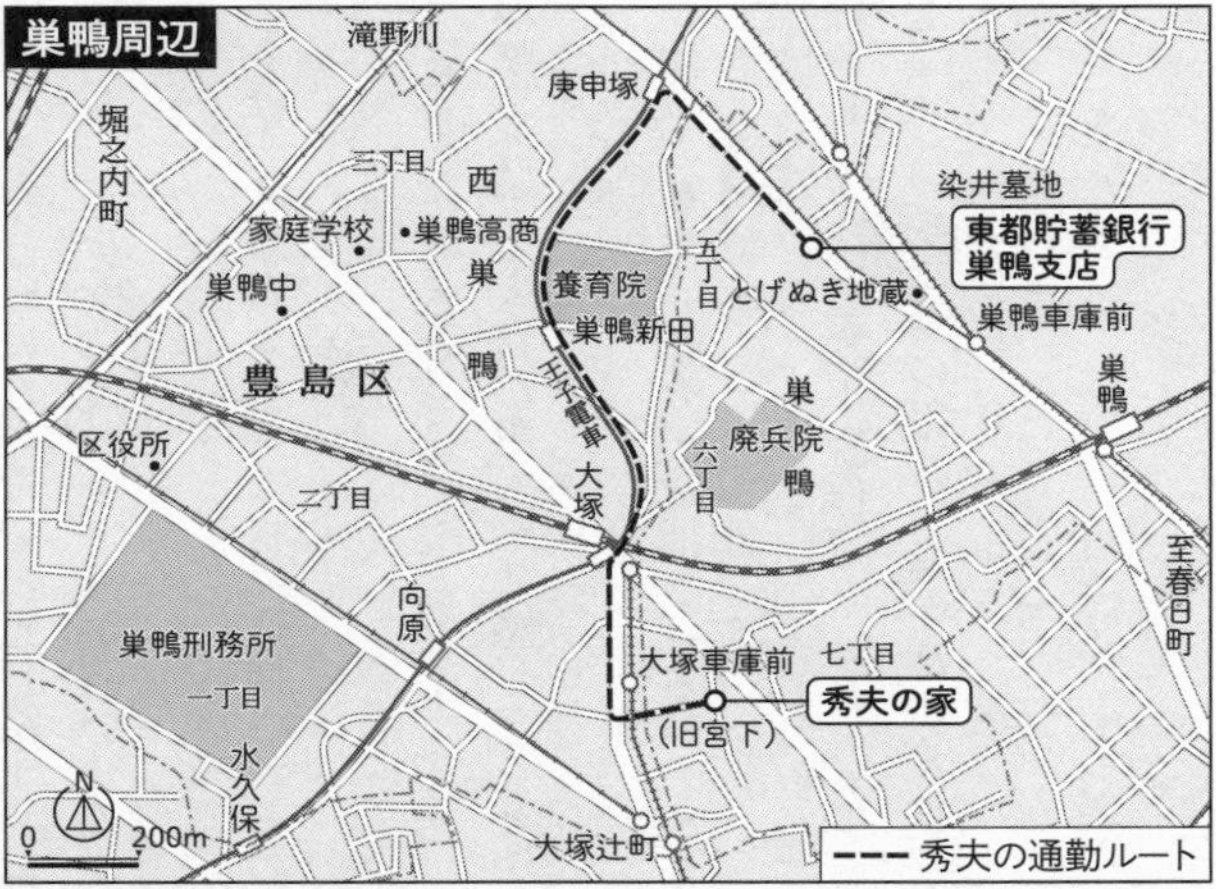

御徒町・神田・茅場町
鶯谷
坂本二
根津八重垣町
下谷区
動物園前
東京帝室博物館
千束町
入谷町
逢初橋
上野公園
下車坂町
池端七軒町
合羽橋
浅草公園
上野公園前
上野
東照宮下
稲荷町
清島町
菊屋橋
田原町
雷門
不忍池
上野駅前
下谷神社
至春日町
区役所前
湯島天神
天神下
上野公園前
御徒町
西町
檜山捨松の家
駒形町
二筋町
浅草区
駒形橋
西町
湯島
上野広小路
御徒町
竹町
小島町
御徒町
厩橋
撞球場ユニオン
黒門町
仲御徒町
厩橋
末広町
御徒町一
老松町
神田明神
旅籠町
松永町
蔵前片町
蔵前橋
御茶ノ水
秋葉原
和泉町
浅草橋
震災記念堂
瓦町
小川町
万世橋
万世橋
佐久間町
両国
岩本町
豊島町
淡路町
須田町
柳橋
美土代町
浅草橋
両国
両国橋
東両国
神田区
元岩井町
鎌倉河岸
紺屋町
馬喰町
神田
隅田川
小伝馬町
浜町河岸
神田橋
東都貯蓄銀行
神田支店
堀留町
久松町
新大橋
安宅町
新常盤橋
森下
新大橋
大手町
室町一
人形町
人形町
浜町中ノ橋
丸ノ内一
呉服橋
日本橋区
水天宮前
日本橋
蛎殻町
土州橋
清洲橋
東京
茅場町
兜町
箱崎町
東京府庁
茅場町
新川一
東都貯蓄銀行本店
N
0
500m

『風のない日々』
初出　「文學界」一九八〇年一月号～九月号
初刊　『風のない日々』文藝春秋、一九八一年四月

『少女』
初出　「新潮」一九八五年九月号
初刊　『少女』新潮社、一九八九年五月

中公文庫

野口《のぐち》富士男《ふじお》犯罪《はんざい》小説集《しょうせつしゅう》
風《かぜ》のない日々《ひび》／少女《しょうじょ》

2021年10月25日　初版発行

著　者　野口富士男《のぐちふじお》

発行者　松田陽三

発行所　中央公論新社
〒100-8152　東京都千代田区大手町1-7-1
電話　販売　03-5299-1730　編集　03-5299-1890
URL http://www.chuko.co.jp/

印　刷　三晃印刷
製　本　小泉製本

Published by CHUOKORON-SHINSHA, INC.
Printed in Japan　ISBN978-4-12-207128-5 C1193

各書目の下段の数字はISBNコードです。978－4－12が省略してあります。

中公文庫既刊より

の-2-3
海軍日記　最下級兵の記録　野口冨士男
どこまでも誠実に綴られた、横須賀海兵団で過ごした一九四四年九月から終戦までの日々。戦争に行くはずのなかった「弱兵」の記録。〈解説〉平山周吉
207080-6

な-73-1
麻《あざ》布《ぶ》襍《ざっ》記《き》　附・自選荷風百句　永井荷風
東京・麻布の偏奇館で執筆した小説「雨瀟瀟」「雪解」、随筆「花火」「偏奇館漫録」等を収める抒情的散文集。初の文庫化。〈巻末エッセイ〉須賀敦子
206615-1

な-73-2
葛飾土産　永井荷風
石川淳が「戦後はただこの一篇」と評した表題作ほか、短篇・戯曲・随筆を収めた戦後最初の作品集。久保田万太郎の同名戯曲、石川淳「敗荷落日」を併録。
206715-8

な-73-3
鷗外先生　荷風随筆集　永井荷風
師・森鷗外、足繁く通った向島・浅草をめぐる文章と、自伝的作品を併せた文庫オリジナル編集。巻末に谷崎潤一郎、正宗白鳥の批評を付す。〈解説〉森まゆみ
206800-1

な-73-4
小説集　吉原の面影　永井荷風／樋口一葉／広津柳浪／泉　鏡花
荷風に誘われて遊里をゆく。永井荷風「里の今昔」、樋口一葉「たけくらべ」、広津柳浪「今戸心中」、泉鏡花「註文帳」を収録。文庫オリジナル。〈解説〉川本三郎
206936-7

く-2-2
浅草風土記　久保田万太郎
横町から横町へ、露地から露地へ。「雷門以北」「浅草の喰べもの」ほか、生粋の江戸っ子文人による詩趣豊かな浅草案内。〈巻末エッセイ〉戌井昭人
206433-1

ひ-1-2
女の家　日影　丈吉
妾宅の女主人の死は事故か自殺か、それとも他殺か。女と男の語りが明かす意想外の真相とは。澁澤龍彥、種村季弘に愛された著者の代表作。〈解説〉堀江敏幸
206937-4